中公文庫

谷崎潤一郎・川端康成

三島由紀夫

中央公論新社

目次

谷崎潤一郎・川端康成

谷崎潤一郎

大谷崎

大《だい》谷崎と読むのは軽薄な読み方である。大《おお》近松と同様に、大《おお》谷崎と読んでもらいたい。谷崎という字面といい語呂といい、はじめから大《おお》の字がつくように出来ている。

谷崎氏には一流趣味があって、若年のころから中央公論にしか執筆しなかったと自分で書いている。仄聞するところによると、近年でも、主治医は一流の国手の由である。喰べ物も菓子も、日常生活すべてに、氏は今日なお一流趣味を貫ぬいているようである。一流というのは俗世間の作る概念である。映画の某脇役女優が、パリへ行って、自らプルミエール・クラスの女優と名乗って、人の失笑を買ったという話があるが、これなんぞは下の下であって、谷崎氏ぐらい一流の売り方を心得た人はない。

日本ではあれほどフランス文学が輸入されていながら、フランス文学の根本的な成立条件である質《カリテ》の問題が忘れられている。作品における仕上げのよさは、勿論文学としては二次的な問題だが、それが二次的な問題になるのは、質《しつ》が当然の前提になっている上の話である。小さな問題のようだが、そこにおそらく文学観の根本的な相違があるので、日本人は近代文学の理念をまず頭で理解して、当然の前提を忘れてしまった。一方では、全集などはそろっていないほうが味があるという徒然草の思想がいまだに生きていて、日本人は妙にハンパ物を珍重する。尻切トンボの作品をつかまえて余韻があっていいなどという酢豆腐が、高尚な近代文学理念の仮装をして、まかり通っている実情である。

　一部の批評家は、谷崎氏の文学に俗世間との対決がないと云って非難する。「細雪」があれだけうけ入れられたのは、既成道徳をおびやかさないからだ、などという珍説がある。それは大きにまちがっている。谷崎氏は作品における質《カリテ》によってしか俗世間とつながらなかったのだ。作品の完全な仕上げに氏のそそいだあれほどの情熱が、氏の孤独を完全にし、氏を俗世間から護ったのだ。質《しつ》だけでしか俗世につながらなかったところに、芸術家としての谷崎氏の完全な勝利がある。

　たとえば既成道徳と対決する作品を、俗な質のわるい文章で書く作家と、どちらが誠実かわざわざ比べてみるまでもないことである。

　谷崎氏のこしらえた「一流」という仮面は完璧だった。氏は今日にいたるまで、怒りを知らないようにみえる。怒りを知らなかったということは、言いかえれば、無力感にとらわれなかった、ということでもある。一度怒った作家がいかに深い無力に沈んだことか。突飛な比較だが、怒りをしちっくどい感覚で縛り上げて、怒りを小出しにし、内燃させて、ついに今日まで無力感にとらわれないで来た作家に、中野重治氏があり、怒りを一旦爆発させたあとで、深い無力感を極度に押しつけがましく利用した作家に、永井荷風氏がある。谷崎氏を含めて、かれらはいずれもニヒリズムに陥ることから、それぞれの生理に適した方法で、おのれを救った作家である。

実は、谷崎氏ほどニヒリストになる条件を完全にそなえた作家はめずらしかった。意地のわるいことを言うと、「神童」の芸術家たるの目ざめ、「異端者の悲しみ」の同じ目ざめから以後の氏の作品は、すべて動機なき犯罪に似ている。動機のない犯罪にだけ、本当の宿命的な動機がある、という逆説を、氏は生涯を以て実証したようにみえる。その完全な開花が傑作「卍」である。

「卍」の背後に動いている氏の手つきは、ニヒリストの白い指先に酷似している。しかしこれはニヒリストの作品ではないのだ。人間存在のこのような醜悪で悲痛な様相に直面した作家の目は、ここから身をひるがえして脱出しようというあがきを示してはいないからだ。ニヒリズムの兆候は、得体のしれない脱出の欲望としてあらわれる。谷崎氏は地獄を脱出しようとせずに、マゾヒストとして女体の前に拝跪するように、地獄の前に拝跪する。

これが征服の唯一の方法だということを知悉しているかのように。

おそらく谷崎氏の生き方には、私の独断だが、芥川龍之介の自殺が逆の影響を与えているように思われる。芥川の死の逆作用は、大正時代の作家のどこにも少しずつ影を投じている。谷崎氏は、芥川の敗北を見て、持ち前のマゾヒストの自信を以て、「俺ならもっとずっとずっとうまく敗北して、そうして永生きしてやる」と呟いたにちがいない。

実際、芸術家の敗北という、これほど自明な、これほど月並な、これほど必然的な帰結について、谷崎氏ほど聡明に身を処した人はなかった。戦わずして敗北し、御馳走をたべ、そして永生きすればよいのだった。そしてあらゆる戦いというもののうちにひそむ、芸術にとっては虚偽の性質を、氏は人生の当初にすでに深く知悉していた。


（筑摩書房『現代日本文学全集18谷崎潤一郎集』月報　昭和二十九年九月）

谷崎潤一郎、芸術と生活

谷崎氏が自分の生活について書いた随筆はいろいろあるが、もちろんそれで氏の生活の全貌を尽しているとは云えまい。

そもそも作家の生活は、勤め人の生活とちがって、衣食住にかなりの自由がみとめられるから、それだけに奇抜なものになりがちである。一般人の生活は、その精神生活が物質生活を変形させるというまでになかなか至らないが、作家の場合はかなりそれが許される。従って、金銭が支えるかぎり、作家の生活には当然、その作家の夢がにじんで来る筈である。プラスの意味でも、マイナスの意味でも。

谷崎氏のエロティックな領域の生活はともあれ、食生活の贅沢はいろいろと言い伝えられている。戦時中の食糧欠乏時代にも、美食に親しみながら「細雪」を書きつづけ、戦後は、熱海で客をもてなすのに京都から料理人を呼び寄せたり、東京のパンはまずいからとて、京都からパンを飛行機で運ばせた、などという噂を、嘘か本当か知らないが、きいたことがある。

しかし、史上伝えられるヴィクトル・ユウゴオやデュマやプルウストの贅沢に比べれば物の数にも入らない。住居も、青年時代の横浜の洋館の純洋風生活から、関西移住後の岡本の生活など、いろいろ話にはきいているが、王侯を凌ぐ贅沢という風には感じられない。たまたま貧乏国の貧乏文士の間に置くから目立っただけで、氏の豪奢な文学に比べれば、いかに氏が、生活に贅を尽しても程度は知れているのである。氏の場合は、節倹第一の儒教的倫理感とも、社会主義者の世間を気にする貧乏演技とも、はじめから無縁だっただけの話である。

では氏が、生活を享楽し、生を肯定し、生活第一と考えていたかと云えば、決してそうではあるまい。このような美の執拗な構築者、美を現実に似せるために言葉の極限の機能を利用した芸術家にとって、生活がそれほど根本的な関心であったとは思われない。大体氏には、花なら桜、食物なら鯛、医者なら一流の国手という、大月並主義があったことは事実だが、それが私には、氏が自分の夢想にリアリティーを与える手段であったように思われる。氏の文学的夢想はきわめて困難なものであり、これを万人の趣味の理想で飾り立てることによって、かつかつそのリアリティーが保障されるようなものだった。氏が御馳走が好きであったことは疑いがないが、御馳走は、氏の文学自体がもっとも美味しい御馳走となるための手段だったのだから、この芸術家の精神の中にある可食細胞にとっては、生活、人生、生自体はたえず「美味しいもの」に見えている絶対の必要があったのである。

（中央公論社『谷崎潤一郎全集』内容見本　昭和四十一年九月）

谷崎潤一郎頌

谷崎氏は日本古典を愛しつつ、一方、小説家として少しも旧慣にとらわれない天才であった。この相反するかのごとく見える二つの特性は、日本の近代文学史の歪みの是正にもっとも役立った。なぜなら日本の近代小説は、日本古典の流れを汲まず、一方、自分たちのこしらえた奇妙な「近代的旧慣」のとりこになっていたからである。

私は問題の所在は、簡単に云えば、日本の近代小説における過度の「リアリティー」の要請にあったと考える者である。いうまでもなく小説は、たとえ幻想小説であれ、その根底に「まことらしさ」の要請を負ったジャンルである。しかし、

「真清水《ましみず》は、ただ清水也。まことの清水という心也」（正徹物語）

というような、中世の簡明な芸術理念は忘れ去られ、私小説的芸術理念は、この芸術上の約束にすぎぬ「まことらしさ」を踏み越えて、ほとんど立証不可能であってしかも説得

的なもの、という領域に踏み入ったのである。日本人の莫迦正直が、西欧の自然主義リアリズムを過度に信奉して、これを俳諧や随筆文学のスポンタニーイティの美学と結びつけて、ついには小説の「まことらしさ」を、「一定の現実に生起した事実のもたらす主観的信憑性」という窄《せま》い檻に押し込めてしまった。その果てに一種の詩を招来したことは、なるほど私小説の功績だが、一方、日本の小説は、体験主義に縛られつつ、「まことらしさ」の苛酷にすぎる要請を背負わされることになった。

谷崎氏はこれを打破したのである。これを打破するのに、氏は四つの強力な武器を持っていた。すなわち、観念、官能、写実、文章の四つである。

氏は、小説における「まことらしさ」の要請にこたえて、人間の根元的エロスを持ち出し、これを分析追究して、エロス自体の仮借ない論理性に小説を従わしめ、こうして得られた小説の観念的骨格を以て、敵たる自然主義文学の観念性を暴露した。一方、写実は、氏が源氏物語から学んだ世界包括性を持った芸術であって、(「細雪」の洪水のシーンを見よ)、それを氏はひたすら文章の練磨によって支えた。氏の言葉は、「この世にありえぬような真実《ヴェリテ》」へ向けられたが、(一例が「春琴抄」)、何らそれはバロック的誇張ではなく、氏が「見捨てられた真実」に一生忠実を誓ったことにすぎない。かくて「まことらしさ」の要請が悉くからめとられれば、氏は日本文学における万能の天才であり、王者である。このような絶対的王権は、日本近代の他の作家が、望みつつ、ついに誰一人、手にしえなかったところのものであった。

（日本橋三越「文豪谷崎潤一郎展図録」昭和四十一年十一月）

谷崎潤一郎

谷崎潤一郎氏は己れを語らぬ作家であり、作品のどこに作者がひそむかについて昔から論議のつきない作家であるが、谷崎論の焦点は多く、この作者と作品とのふしぎな関係に据えられるようである。

初期の比較的己れを語ったようにみえる作品、「異端者の悲しみ」とか「神童」とか「鬼の面」がとりあげられて、批評家の足掛りに利用されることが多いのは当然である。

その後しかし谷崎氏は、情熱的に己れを語ることを一切やめてしまい、後年、純客観的な小説「細雪」や源氏物語現代語訳に全力を注ぐに至った。そこで青年時代の谷崎氏をして己れを語らしめた情熱は、今では真偽のほどを疑われても仕方がない。作家を青年期に捉える妄執は、大抵の場合、生涯を貫ぬくものとなるからである。おそらく自己を語りたいという告白の情熱は、氏の場合、本質的に弱体だったのである。

氏にとって芸術家になることとは、知識欲や出世欲の迷妄からの解脱であった。私は時代の病気をみんなその時代の作家におしつける無造作な作家論を好まないが、谷崎氏が少年期を送った明治という時代は、知識が最も実用的効用をもった時代である。鷗外はこうした時代の芸術と科学との実用的知識の権化となり、その知的ならびに社会的優越の悲惨を抱いて、もっとも無用と信ずる作品を書きつづけた人である。

鷗外にとっては、知性が無機質であるとき、感性も無機質である。鋭敏さが生んだ公平無私の諦念というようなものから、谷崎氏ほど遠い作家はない。谷崎潤一郎氏の作品では、昔から精神と肉体が一度として互角の勝負で争ったことはなく、知性は無機質であり、感性はいつも有機質である。たとえば「痴人の愛」の如き、ナオミの不羈奔放に対する抵抗も対抗手段も設定されず、いわばそこには、「卍」や「少年」に執拗にくりかえされる主題、破壊的な女神への一方的な礼拝があるだけである。

勝負はいつもはじめから決っている。男は負け、女は勝つのである。また男は負けて勝ち、女は勝って負けるのである。しかも一度として諦念は頭をもたげず、それも道理、本当の戦いがないから、本気の諦念もないのであり、実はこの作家を日本的な諦念から遠ざけつづけて来た秘訣は、未だかつて本気で戦わないということにあったのかもしれない。

「痴人の愛」は作品の価値は別として、谷崎氏の文学的主題が最もヴィヴィッドに無邪気にえがかれた小説であるが、主人公対ナオミの対決は(「赤い屋根」におけるオヤジ対繭子の対決も同断)、狡猾な家来が殿様相手に、負けよう負けようと碁を打っているような感じがある。いうまでもなく、この狡猾さに谷崎氏の作家的誠実の全貌がこもっているのであるが、要するにはじめから決められた誠実な結論に到達するための狡智の総体が氏の作品なのである。

「悪人ほろび善人の栄え」これは黙阿弥の白浪物の脚本のカタリに必ず見られる美しい決り文句である。

善悪という価値の対決は、この場合庶民の単純な道徳的判断であるが、もちろん黙阿弥の狂言は、この判断に対する感覚の反逆を狙っており、そこに美を設定し定義づけている。谷崎氏の場合には勧善懲悪の代りに、それが簡単に逆転して、勧悪懲善の主題が押し出される。悪はいつも勝利を占めるところの女性的なるものの名前であり、谷崎氏が「悪魔」や「鬼の面」などで男性の悪を語るときも、その卑劣や弱気や嫉妬や陰にこもった復讐などの悪の要素は、実はごく常識的に考えられた種々の男性的美徳の裏返しである女性的悪徳なのである。悪ははじめから感性の勝利を表象しており、黙阿弥劇におけるような善に対する感性の反抗としての美、乃至《ないし》は悲劇的共感とは別ものである。

この決定論的主題、しかも決して絶望や諦念に陥らぬところの決定論的主題の、作者がくりかえして倦まない生命力は、永らく私にとって疑問の種子《たね》であった。いまもそうである。しかしその主題があらわに告白の形で語られているのは氏のいわゆる自伝的小説よりも、むしろあの初期の傑作「刺青《しせい》」なのであり、「刺青」の女が、完成した刺青の色上げをすますと、

「昨日とは打って変った女の態度に、清吉は一《ひ》と方《かた》ならず驚いたが、云われるままに独り二階に待って居ると、凡そ半時ばかり経って、女は洗い髪を両肩へすべらせ、身じまいを整えて上って来た。そうして苦痛《くるしみ》のかげもとまらぬ晴れやかな眉を張って、欄干に靠《もた》れながらおぼろにかすむ大空を仰いだ。（中略）『帰る前にもう一遍、その刺青を見せてくれ』

清吉はこう云った。

女は黙って領いて肌を脱いだ。折から朝日が刺青の面にさして、女の背は燦爛《さんらん》とした」

という結尾の部分に、作者の一種象徴的な告白が見られるのである。美は背中にそれが刻まれているあいだ云おうようない痛苦を与える。しかし完成と同時に、女は「苦痛のかげもとまらぬ」傲然たる存在となり、あらゆる倫理的苦痛を免かれて、何ものにも傷つかない現実の形姿をあらわす。

美は、そのもっとも高い美ももっとも低い美と同様に倫理的なものであり、美それ自体を語ることは、それがそのまま、現実の秩序を当為の秩序に変改することである。なぜな

ら美というものはあらゆる価値が絶対的なものになろうとするときの抵抗物の総称なのであり、その点で現実は美の意志の敵手となるのである。

谷崎氏にとっては倫理的なものは美ではなくて美の生成の手続なのであり、現実を仮構に変造するような詩人の才能に徹底的に欠けた潤一郎は、現実に対する対抗手段として、氏一流の美学を編み出す。

「刺青」の美学は、名人気質の意志的な美学ではなくて、女の肌に現実に存在するにいたった刺青が、名人の美の意志を抹殺する存在となる物語であり、芸術家はこの前に敗北し、拝跪しなければならないのである。そこでは無道徳な力が美の本質となり、現実の形をとった美の宿命となるのである。

後年谷崎氏の美学は、かかる意志の喪失によって得られる女体のようなノンセンスな客観性を固執するにいたった。そのもっとも見事な成果が「細雪」である。フロオベルの客観性からこれほど遠いものはない。

美は意志されずに存在しなければならない。美の存在自体が現実でなければならない。意志せずにまず直面しなければならない。氏の美学が要求する客観性は、美を出来る限り現実に似せることなのである。潤一郎氏の美学が写実主義と握手しえた秘密がここにある。

およそ谷崎氏ほど幻影をえがくのに拙劣な作家はない。戯曲「鶯姫」の幻影はその無数の失敗の一例である。しかし「蘆刈」のお遊さまと、「卍」のレスビアンとの間には、幻影と現実の質的差異ではなく、同質の観念の距離の差があるだけなのであり、いずれも百パーセントにちかい成功を収めている。「卍」のレスビアンは最短距離で眺められた女体の生理学であり、「蘆刈」のお遊さま、「細雪」の雪子は、最長距離で眺められることによってようやくその非現実性を確保しえた現実の美、現実の女体なのである。

（筑摩書房『文学講座1』昭和二十六年九月）

谷崎潤一郎論

女の背中に燦爛《さんらん》と花をひらいた刺青《しせい》(「刺青」――一九一〇)から、女の蹠《あしのうら》が数十枚の色紙に朱墨でおし散らした仏足石(「瘋癲老人日記」――一九六二)にいたるまで、優に半世紀が経過していることを考えると、谷崎文学の愛読者は一種の感慨を禁じることができまい。この間時代はめまぐるしく変ったようでもあるが、半世紀の谷崎文学は、人々を右往左往させた時代の変化と一人の女の蹠と、どちらが人間にとって本質的に重要かと問いかけて来るだけの重みを持っている。こんな不条理な問いかけの重みから、われわれはいやでも「芸術」という言葉を持ち出して来ざるをえない。

そうさせてしまうのは明らかに谷崎氏の力だが、実はこんな設問は、美術史の上ではありえたかもしれないが、文学史の上では、世界でもまれな事件であった。文学史上、女の背中や蹠がこんなに重大な問いかけをしてきたことはなかった。一例が「アフロディット」（ピエール・ルイス）の作者は二流の小説家にすぎない。

究理的で献身的なサディストである代りにわがままで意地悪なマゾヒストであることを、自分の文学的主題とした谷崎氏は、理論的には小説としてもっとも描きにくいこの主題を、逆用してもっとも有利な武器にしたのであった。現実を変容させて、自分の好むがままの形を現実にとらせ、そこへ自分の内面を投射して（自分は何ら責任を問われずに）、対象をわがままで意地悪な存在だと夢みること。このエゴイスティックな没我と陶酔の一筋道を、氏はわき目もふらずに歩みつづけた。それは文学における反批評的なものの極致である。谷崎文学に直面した批評家は、多少とも批評家の似顔に近いものを、決してその中に発見することはできないだろう。

谷崎氏にとって、究理的な人々にとってはあれほど困難な美は、いとも容易な問題だった。美を実現するには、現実を変容させればそれでいいのだ。そしていったん美が実現されたら、その前に拝跪して、その足を押しいただけばよいのだ。その上、さらに微妙な、さらに狡猾なメカニズムがこれに加わる。すなわち美に現実性を与えるためには、人形師が自ら作った人形にわが息を吹き込んで生命を与えるように、その美に対して自分の「わがままと意地悪」を賦与すればよいのであるが、同時に、相手のものとなった「わがままと意地悪」が、正にその属性に従って、相手から自分を遠ざけ、焦燥と錯乱をもたらし、かくて美にとって一等大切な要素である「不可測な距離」をも確保させることになるのである。現実の女の背中に刺青を施して、その変容によって美と力を女に賦与するあの「刺青」を、文学的出発とした谷崎氏は、あたかも、エウリピデスの「ヒッポリュトス」劇における、アフロディテの運命の序言のようなものを、最初に書いてしまったわけだ。

美がこのように容易な問題であれば、その問題性は終ったのだ。終ったというより、氏は一等最初に文学上の永久機関（パーペチュアル・モビール）を発明してしまったのだ。あとに残る困難は、言葉と文体、芸術家のメティエの困難に他ならない。

もはや思想上の問題なんぞにつまらない精力を注がずにすんだ氏は、その真摯その情熱を、ことごとくおのれがメティエの確立にそそいだ。この工匠的な習練のたゆみなさ、きびしさは、氏を今にいたるまで芸術家の亀鑑としている。

氏がこういう制作の労苦をもらしている文章はきわめてまれだが、「私の貧乏物語」のなかで、「吉野葛」の制作に当って、三年にわたって腹案を温ため、書きはじめてからも想が変って五十枚を廃棄したこと、「盲目物語」にいたっては、二百枚の物語を脱稿するのに、高野山に百日もこもって、最後まで一日二枚のペースを脱しなかったこと、などの挿話が伝えられているのを、現今の流行作家のなまくらな仕事ぶりと比べてみれば、氏の研鑽は思い半ばにすぎるものがあるだろう。

たえざる練磨のはてにあらわれる氏の文体は、しかし、いつも女体のように、まるい文体であった。「春琴抄」のように、読後の印象はむしろ崎嶇《きく》としている圧縮された作品であっても、文体は次のようなものだ。

「奇しき因縁に纏われた二人の師弟は夕靄の底に大ビルディングが数知れず屹立する東洋一の工業都市を見下しながら、永久に此処に眠っているのである」

氏の文体がはじめて骨のような、無飾の効果を帯びるのは、皮肉にも氏が嫌悪する新かなづかいをわざと用いて書かれた他人の文体、すなわち「瘋癲老人日記」の末尾の病床日記の文体である。

「患者はやや肥満し、貧血、黄疸はなく、下腿に軽度の浮腫が見られる。血圧一五〇――七五、脈搏九〇で速く、整」

多くの愛読者には、「瘋癲老人日記」の臨床医の日記の文体は夾雑物とも見え不協和音とも聴かれたのはもっともなことである。氏は今まで作品の効果を高めるために敢えて他人の文体を採用する作家ではなかったし、作品世界の完結性を護るためなら、何事をも切り捨て犠牲にするたちの作家だったからだ。しかしここではじめて氏は、あのまろやかな完璧な女体に対応した、私の肉体、私の自我の実態をえがいて見せたのである。「瘋癲老人日記」という作品の持つ異様に危険な均衡は、実はここにかかっている。この臨床日記の部分で、氏の文体は女体を模する作業をきっぱりとやめてしまっている。

この記述こそ、作家の自我に対する苛烈なサタイヤ（風刺）であり、ほんものの嘲笑だった。なぜなら、不器用な自我形成の小説「神童」や「異端者の悲しみ」に端を発して、「富美子の足」の老人や、「痴人の愛」の善良な電気技師の河合譲治や、「蓼喰ふ虫」の冷たい趣味人要《かなめ》や、「卍」の良人や、「猫と庄造と二人のをんな」の庄造や、「細雪」の無力な貞之助や、「鍵」の良人などに次々と変貌しつづけた作家の自我は、ある没我と陶酔の形を、いやいや何人かの男の姿に託したが、この中では庄造が一等ヴィヴィッドな一つの性格のイメージを残すとはいえ、これらの男たちの姿には、たえず不本意な創造物としての影がぬぐわれず、最後に「瘋癲老人日記」で、作者は、美の崇拝者や寄食者の存在の実態をあばいてみせたからである。その存在の実態とは、血圧だった。「脈搏九〇で速く、整」であった。

「瘋癲老人日記」で、谷崎氏のドラマの原型が最高の緊張に達したのには、さまざまな幸運な事情があった。青年時代の氏は世紀末思潮や、唯美主義や、キリスト教的道徳観の二元論や、いろんなものにわずらわされて、美の客体としての攻撃的な女体と、美の創造者としての被虐的な主体とを、正当に拮抗させるだけの状況を発見しえなかった。谷崎文学がいつも一面、状況の文学の性質を帯びるのは、主題の模索の代りに状況の模索が、つねに制作の緊張を支えてきたからである。主題はむしろ容易であり、最初に発見されており、模索の必要はなかった。問題は状況の設定であり、夢がつぎつぎとその状況をむしばんで、完璧な状況を実現の彼方に置くのであった。そしてすべてのエロティシズムは、かかる状況の不可能にかかっているのではなかろうか？　芸術のエロティシズムに対する最終的な勝利は、状況の創造にあるのではないだろうか？

「瘋癲老人日記」の老人の、富と、わがままと、意地悪と、肉体的不如意と、たちまち上がる血圧とは、(「富美子の足」時代の、単に夢みられた老人とはちがって)、作者自身の老境に加えるに、人間の老いの一般的状況の普遍的な条件、すなわち「瘋癲」を代表している。この老人は奇人でも趣味人でもなく、ただ老いによって、人間の普遍的条件に直面し、人間の原質へ降りて行かなければならない。そこで死の恐怖がエロティシズムと完全に拮抗し、氏の久しく夢みた女体は、ついに正当な敵に遭遇したのである。

瘋癲とは何か？　死の恐怖においてエロティシズムと相わたることである。

そして「鍵」にはじまり「瘋癲老人日記」にいたって高度に開花した「老い」のモチーフは、氏の文学に微妙な変化をもたらした。それはおそらくフランス十八世紀文学にしか類縁を求めえないような、小説の特殊な機能の獲得であって、氏の文学は、それまでの、いわば作品全体の美的構造が状況を創造しかつ保障しているような小説(「細雪」がその極致であろう）から、作品の内部において登場人物が刻々状況を設定し創造して行かざるをえないような動的な小説に変った。もちろん「痴人の愛」や「春琴抄」もそういう小説といえるかもしれないが、作者はあくまでも外部にいて、状況の設定を手つだっており、物語全体がまた、堅固な状況に包まれている。しかし「鍵」や「瘋癲老人日記」のような作品の、裸で不安な特質は、登場人物が状況を創造し完成しうるかというドラマに死のサスペンスがたえずからんでいることである。

「ドウセ予ハ神仏ヲ信ジナイ、宗旨ナドハ何デモイイ、予ニ神様カ仏様ガアルトスレバ颯《さっ》子《こ》ヲ措《お》イテ他ニハナイ。颯子ノ立像ノ下ニ埋メラレレバ予ハ本望ダ」

こんな迷惑な神化によって、女体は老人の死の前に立ちふさがることを強いられる。そして人々を驚嘆させた仏足石のクライマックスは、老人の夢みる死とエロティシズムとの最終的一致の幻影の証跡である。

女の背中や足が、変転ただならぬ時代思潮を踏みにじって輝きだすのは正にこの地点なのだ……。

――しかし一方、氏の文学がニヒリズムの相貌を帯びず、いつも明快で幸福な外観を保つのは、おそらく、自我を極微にまで解体しても、なおいたまぬふしぎな強靭な自意識のなせるわざであろう。初期作品から今日にいたるまで、氏の傲慢な自己戯画化は、つねに小説の節度を維持し、勝手放題な物語を選びながら、決して「いい気」な感じを与えることがなかった。「瘋癲老人日記」において、この自己戯画化は頂点に達し、そこにはたえず切迫したユーモアが漂っている。

それは明らかに、成熟しきった小説家の、自意識の生んだユーモアである。しかしこの自意識の健康な特質は、ついに自意識自体の悲劇を知らなかったように思われる。氏の自意識は登場人物のイメージに過不足なく密着し、自意識自体がふわふわと自己増殖をしてついに「かく見える自分」と「かくある自分」との、悲劇的な乖離へみちびくような現象は起らなかった。氏ほど朗らかにドッペルゲンゲルの寓話を語った作家もめずらしい。(「友田と松永の話」――一九二六)。その犀利で精密で強靭な自意識は、ほとんど随意筋のように活動して、主人の命令を逸脱せずに、明快な破滅の物語をはらみ、読者を「かく見えるとおりに在る」世界へ案内する。

輝くような女の背中がある。花びらのような女の蹠がある。こんな明晰な対象の存在する世界で、自意識が分裂を重ねている暇があるだろうか？　無双の作者の定めた法律によって、目に見えるものだけが美でありうるような世界で、精神がナルシシズムに陥っている暇があるだろうか？　私が、美術史上では起りえたかもしれぬが、文学史上では起りえない事件が起った、と冒頭に言ったのは、このような谷崎文学の、比類のない表面的な性質について言ったのである。あらゆる分析を無益にしてしまうこの世界では、死とエロティシズムの対決でさえ、悲劇とはならずに、法悦と幸福を成就する。そこに語られる敗北の幸福、屈辱の幸福、老残の幸福には、いつでも対象の深い「表面」へ飛び込むことのできるダイバーの決意がかがやいている。それは近代の天才によって書かれたもっとも肯定的な文学といえるであろう。

（「朝日新聞」昭和三十七年十月十七〜十九日）

谷崎潤一郎について

このごろよく考えることであるが、日本、殊に近代日本では、芸術的完成と綜合的教養とが、どうして一致しないのであろうか。最近、安倍能成氏とか小泉信三氏のような人々が故人となり、大正的教養人の時代が終ったことが痛感されるにつけ、この人たちの綜合的教養が、全く芸術的完成とは縁がなく、単なるディレッタンティズムにとどまったことは、本人たちが芸術家たらんと志さなかったのだから当然でもあるが、一方、谷崎潤一郎氏のような芸術的完成を完《まっと》うした天才が、一つの綜合的教養人の相貌を帯びなかったことも、これと関わりがあると思われ、さらに、芸術的完成を完うしなかった大教養人正宗白鳥氏などとの対比も、興味深く浮んで来るのである。

鷗外、漱石の時代と比べると、いかにも人間が小粒に、専門化分化してしまった、という批評もあるだろうが、それは苛酷な批評で、芸術家が自分の芸術を完成させるために、時代に対して払わなければならなかった犠牲の質を看過している。大芸術家と大教養人とを一身に兼ねることに成功すればよいが、失敗すれば元も子もなくなってしまう時代に生きて、丁度難船の危機にある船が積荷を海へ放り出して船を救うように、綜合的知的教養人たることを放棄して、芸術的完成をあがなったのだとも考えられる。

しかし、人間の演ずるドラマは、いつもそんな風に、意識的に、あるいは意志的に行われるものとは限らない。教養人たることを放棄して芸術家として完成した、というような単純なお話をゆるすほど、芸術の神様は甘くない。

谷崎潤一郎氏は、他への批評では三流の批評家だったが、自己批評については一流中の一流だった。八十年の生涯を通じて、氏がほとんど自己の資質を見誤らなかったということはおどろくべきことである。横光利一氏のように、すぐれた才能と感受性に恵まれながら、自己の資質を何度か見誤った作家のかたわらに置くと、谷崎氏の明敏は、ほとんど神のように見える。

もし天才という言葉を、芸術的完成のみを基準にして定義するなら、「決して自己の資質を見誤らず、それを信じつづけることのできる人」と定義できるであろうが、実は、この定義には循環論法が含まれている。というのはそれは、「天才とは自ら天才なりと信じ得る人である」というのと同じことになってしまうからである。コクトオが面白いことを言っている。「ヴィクトル・ユーゴオは、自分をヴィクトル・ユーゴオと信じた狂人だった」

初期の作品「神童」（大正五年）において、谷崎氏はすでに、あらゆる知的教養に対する不信を表明したが、この発見こそ、氏の思想の中軸をなすものの発見だった。それは同時に、自己の資質の発見とそのマニフェストであった。

「己《おれ》は子供の時分に己惚れて居たような純潔無垢な人間ではない。己は決して自分の中に宗教家的、若しくは哲学者的の素質を持って居る人間ではない。己がそのような性格に見えたのは、兎に角一種の天才があって外の子供よりも凡《す》べての方面に理解が著しく発達して居た結果に過ぎない。己は禅僧のような枯淡な禁欲生活を送るにはあんまり意地が弱過ぎる。あんまり感情が鋭過ぎる。恐らく己は霊魂の不滅を説くよりも、人間の美を歌うために生れて来た男に違いない。己はいまだに自分を凡人だと思う事は出来ぬ。己はどうしても天才を持って居るような気がする。己が自分の本当の使命を自覚して、人間界の美を讃え、宴楽を歌えば、己の天才は真実の光を発揮するのだ。」（「神童」）

しかし、われわれは、ここに氏の自由な自己発見を見るだけでなく、同時に、「神童」の背景をなす明治三十年代の日本に色濃く残っていた儒教的禁欲主義とそれと表裏をなす立身出世主義の強大な圧力を透かし見なくてはならない。

鷗外の世界的教養は、自由に発揮されたかの如く見えながら、この双頭の蛇に足をからまれていた。そのあとに来た青年の世代が、双頭の蛇から足を完全にふりほどくために、双頭の蛇を殺したのはいいが、それと同時に、それらの蛇の束縛によって支えられていた知的世界像の発見の意慾まで、殺してしまったことは責めるわけには行かない。ともかくそこに、一人の醇乎たる芸術家が誕生したのだ。

「神童」には谷崎氏自身の少年時代の影が色濃く投ぜられているが、青年谷崎の芸術家としての誕生は、それより以前に、「刺青《しせい》」(明治四十三年)において、明瞭に語られている。「神童」の前述の引用の部分を、自己解放と考えるか一つの断念と考えるかで、谷崎文学の評価はいろんな風に変ってくると思う。断念によって芸術的完成をあがなったとすれば、そうして得られた完成は一つの自由の放棄であろうし、積極的な自己解放によって芸術家となったとすれば、芸術的完成と自由とは一致するだろう。氏の意識の裡で、前者後者のどちらに重点がかかっていたかは別として、私は、氏がそうして得た自由の根拠に興味を抱かずにはいられない。氏の得た自由の根拠は、官能的感受性の全的な是認であり、すなわちエロスであった。

さて、氏はここに於て、人生の当初に、自由の問題の逆説を会得したと思われる。すなわち、自由の根拠として知的な自由精神や自由意志を持って来ることは、自己矛盾に他ならない。目的としての自由を、前提としての自由を以て正当化することになるからである。しかしエロスを持って来たらどうだろうか。そのとき、自由の問題の逆説は見事に躱《かわ》されるのである。なぜなら、自由の根拠としてのエロスは、同時に精神の自由の最大の敵だからである。

氏は、自由の根拠にエロスを持って来た。自分が縛られないということの根拠に、最も強力に自分が縛られるものを持って来た。ここに於て、断念すなわち自由の放棄と、解放すなわち自由の獲得とは、終局的に同一の意味を持ち、かたがた、芸術制作上の倫理ともなるのである。芸術制作における言葉と文体の厳格性において、氏は稀に見る精進を生涯つづけた。

エロス自体の性質というものもある。サディスティックなエロスは批評に向いているが、マゾヒスティックなエロスは、つるつるした芸術的磨き上げに適している。そして前者は束縛を厭うて形式を破壊し、感受性を涸渇させる危険があるけれど、後者は愛する対象による束縛を愛して、感受性の永遠の潤沢を保障しうる。理想的な作家は両者の混淆にあるのだろうが、どちらかに偏するなら、後者に偏したほうがいい。それにしても谷崎氏のエロスの傾向は、前述の自由の問題の解決にもっとも好都合のものであった。自己批評の達人であった氏が、このような自己の資質を、芸術制作に十二分に利用しなかった筈はないのである。

この寓話は、すでに「刺青」に歴然と語られている。灰色の自然主義文学を背景にして、いかにこの作品が、黒い曇天を背景にして咲き誇る絢爛たる牡丹の美を開顕したかは、想像に余りある。しかも、この作品には、晩年の「鍵」にいたるまでの、(「瘋癲老人日記」はすこしく例外)、谷崎文学の特質が序曲のように悉く提示されている。すなわち、氏の小説作品は、何よりもまず、美味しいのである。支那料理のように、フランス料理のように、凝りに凝った調理の上に、手間と時間を惜しまずに作ったソースがかかっており、ふだんは食卓に上らない珍奇な材料が賞味され、栄養も豊富で、人を陶酔と恍惚の果てのニルヴァナへ誘い込み、生の喜びと生の憂鬱、活力と頽廃とを同時に提供し、しかも大根《おおね》のところで、大生活人としての常識の根柢をおびやかさない。氏がどんなことを書いても、人に鼻をつまませる成行にはならなかった。私は少年のころ、美しい伯母が、「谷崎の変態小説を読んでるの?」などと私をからかいながら、何となくその美しい顔にうれしそうな表情を泛《うか》べていたのを覚えている。氏の文学に或る変質があったとしても、それは、社会人をひそかに満足させ、女をひそかに喜ばせる種類の変質だった。戦時中の言論統制が、こういうものまで禁止したのは、その欲求不満的感受性のためとしか思えない。氏の文学には、国家の存立を危うくするようなものは、何一つ含まれていないのである。

鬼子母神は、子をとらえて喰う罪業を拭われて、大慈母となるのであるが、氏のエロスの本質を探ってゆくと、この鬼子母神的なものにめぐり当る。ふつう鬼子母神の像は、その怖ろしい伝説の痕跡もとどめぬ豊満な肉体美の坐像であって、左手に一児を抱き、五人の児がこれを囲んでいる。女性とは、氏にとって、このようなダブル・イメージを持ち、慈母としての女性の崇高な一面は、亡き母に投影され、一方、鬼子母神的な一面は、ナオミズムの名で有名な「痴人の愛」の女主人公に代表されるのであるが、後者ですら、その放埒《ほうらつ》なエゴイズムと肉体美が、何か崇高なものとして崇拝の対象になっている。そして、女性のこの二つの像が、最晩年の「瘋癲老人日記」の主人公の極楽往生の幻想のうちに、見事に統一されていると考えられる。

前者の女性像を中心とした「刺青」「春琴抄」「鍵」と、後者、すなわち母のイメージを中心とした「母を恋うる記」「少将滋幹《しげもと》の母」の、二系列のうち、谷崎文学を語るときに、後者の系列も決して無視することはできない。

なぜならそこでは、女性に対するもっとも浄化された愛が唱い上げられ、通例の意味の恋愛小説という点では、却ってこの系列のほうが恋愛小説らしいからである。しかし、それでは慈母の像に全くエロスの影が認められぬかというと、そうとは云えないところが谷崎的である。ただ、母のエロス的顕現は、意識的な欲望の対象としてではなく、無意識の、未分化の、未知へのあこがれという形でとらえられるので、そのとき主体は子供でなくてはならない。従って「母を恋うる記」も、夢の中の話として、話者は七つ八つの子供に姿を変えている。定かならぬ幼時記憶へのノスタルジーは、月夜のようにすべてを悲しみの色に変えるが、われわれは霊界への想像をも、幼時記憶から類推して、同じ月夜の色に染めなす傾向を持っている。「母を恋うる記」に、その根源的な形で提示された母の主題は、「少将滋幹の母」では大きな開花を遂げる。滋幹は青年ではあるが、探し求めていた母に会う感動的なクライマックスでは、六、七歳の子供にかえらねばならない。

「白い帽子の奥にある母の顔は、花を透かして来る月あかりに暈《ぼか》されて、可愛く、小さく、円光を背負っているように見えた。四十年前の春の日に、几帳のかげで抱かれた時の記憶が、今歴々と蘇生《よみがえ》って来、一瞬にして彼は自分が六七歳の幼童になった気がした」

こういう母性への醇化された憧れに、たまたま肉慾がまじって来ると、忽ち相手の女性は転身して、「刺青」や「春琴抄」の女主人公のような、美しい肉体のうちに一種の暗い意地悪な魔性を宿した、谷崎文学独特の女になって来るところが面白い。しかし、仔細に見ると、これらの女性の悪は、女性が本来持っている悪というよりは、男によって要請され賦与された悪であり、ともすると、その悪とは、「男性の肉慾の投影」にすぎないのではないかと思われるのである。これを更につきつめると、（おそらく考え過ぎの感を免かれまいが）、谷崎文学は見かけほど官能性の全的是認と解放の文学でなく、谷崎氏の無意識の深所では、なお古いストイックな心情が生きのびていて、それがすべての肉慾を悪と見なし、その悪を、肉慾の対象である女の性格に投影させ、それによって女をして、不必要に意地悪、不必要に残酷たらしめ、以て主体たる男の肉慾の自罰の欲求を果さしめるというメカニズムが働らいているようにさえ思われる。すべてはこのメカニズムを円滑に運用し、所期の目的たる自罰を成功させるために、仕組まれたドラマではないのか？　女は単なるこのドラマの道具ではないのか？

しかし、道具であればあるほど、いよいよ美しく、いよいよ崇拝の対象であるべきで、少くともそのドラマの上では、氏は女の肉体を崇拝することによって、自分の肉慾を、自分の悪を崇拝し、以て「神童」の主題に対する永遠の忠実を誓うことになる。この悪へのアンビヴァレンツは、官能愛を浄化された「母へのあこがれ」の世界では、決して出現することがない。

谷崎氏のかかるエロス構造においては、老いはそれほど恐るべき問題ではなかった。そのマゾヒズムには、ナルシシズムとの親近性がはじめから欠けていて、氏は生涯を通じてノーマン・メイラーのいわゆる「ファアリック・ナルシシズム」を持たなかった。ファリック・ナルシシズムは必然的に行動と戦いを要請し、そこに於ける自滅の栄光とつながりがあるが、氏にはそんなものは邪魔っけなだけだった。「春琴抄」における佐助が自らの目を刺す行為は、微妙に「去勢」を暗示しているが、はじめから性の三昧境《さんまいきょう》は、そのような絶対的不能の愛の拝跪の裡に夢みられていた傾きがある。それなら老いは、それほど悲劇的な事態ではなく、むしろ老い＝死＝ニルヴァナにこそ、性の三昧境への接近の道程があったと考えられる。小説家としての谷崎氏の長寿は、まことに芸術的必然性のある長寿であった。この神童ははじめから、知的極北における夭折への道と、反対の道を歩きだしていたからである。

老いが同時に作家的主題の衰滅を意味する作家はいたましい。肉体的な老いが、彼の思想と感性のすべてに逆らうような作家はいたましい。(私は自分のことを考えるとゾッとする)。ヘミングウェイも、佐藤春夫氏も、そのような悲劇的な作家であったし、私のことはともかく、林房雄氏も、石原慎太郎氏も、その予感の裡に生きているにちがいない。面白いことには、この系統のすべての作家に、ファリック・ナルシシズムがひそんでいるのである。

谷崎氏のナルシシズムは、挙げて大芸術家、大天才の自負に費やされていた。氏のあらゆる芸術上の辛苦は、その制作のきびしい良心は、ひとえにこのナルシシズムの自己保証にあったと思われる。

しかし氏のエロス構造においては、性愛の主体は、おのれの目を突き、肉体をゼロへ近づければ近づけるほど、陶酔と恍惚も増し、対象の美と豊盈《ほうえい》と無情もいや増すのだった。言いかえれば、性愛の主体が、肉体を捨てて、性愛の観念そのものに化身すればするほど、現前する美の純粋性は高まるのだった。晩年の作品「鍵」にあらわれた老いの主題は、佐助の行為の自然な延長線上にある。そして「瘋癲老人日記」において、この主題は絶頂に至るのであり、肉慾は仏足石の夢想の恍惚のうちに死へ参入し、肉体は医師の冷厳な分析の下にゼロに立ちいたる。あの小説の結末の医師の記録を蛇足と考える人は、氏の肉体観念について誤解をしているように思われる。

女体を崇拝し、女の我儘を崇拝し、その反知性的な要素のすべてを崇拝することは、実は微妙に侮蔑と結びついている。氏の文学ほど、婦人解放の思想から遠いものはないのである。氏はもちろん婦人解放を否定する者ではない。しかし氏にとっての関心は、婦人解放の結果、発達し、いきいきとした美をそなえるにいたった女体だけだ。

エロスの言葉では、おそらく崇拝と侮蔑は同義語なのであろう。しかし氏の場合、この侮蔑の根拠である氏自身の矜持は、いかなる性質のものであろうか。それは知的人間、見る人間、非肉体の矜《ほこ》りであろうか。それともただ、男の矜りなのか。あるいは又、天才の矜りなのであろうか。「蓼喰ふ虫」には、ひとたび性的関心を失った女に対する、男のや

むにやまれぬ冷酷さが、

「女房のふところには鬼が栖むか蛇が栖むか」

という浄瑠璃の一句によって端的に象徴され、谷崎氏の作品にめずらしく、「性の教養小説」ともいうべき面影を呈している。すなわち、性愛を失った夫婦と、その西欧風なインテリの家庭生活をめぐって、一方には潑溂たる白人女の娼婦が、一方には近松的な人形のような古い日本の女が配置され、西欧と日本との間を振子のようにゆれうごく主人公が、ついに日本的静謐《せいひつ》のエロスに（軽蔑しつつ）魅せられようとするところで小説は終る。お久はもっとも愚かな、もっとも自我のない、従って女としてもっとも賢明な女である。

しかしこの作品の写実的凄味は、あくまで冒頭数章の、主人公の妻に対する性的無関心を描いているところにあり、ここには、性的関心がたとえ侮蔑と崇拝のアンビヴァレンツをゆれうごいているとしても、ひとたび性的無関心にとらわれたときの男は、どのような冷酷さに到達しうるかという見本がある。そこには精神的残酷ささえ揺曳するが、もとよりこの「残酷さ」には、サディズムの歓喜はなくて、貴族的な冷酷とでも名付けるべきものしかない。

世界の何ものも、このような性的冷淡の地獄に比べれば、歓びならぬものはなく、お祭ならぬものはない。どうしても女は、谷崎氏にあの侮蔑と崇拝のドラマを作らせる要因として、活き、動き、笑っていなければならない。そうでなければ、女一般などは何の意味もないのである。

女ならどんな女でも、そこに微妙な女性的世界を発見して、喜び、たのしんだ室生犀星のような作家に比較すると、谷崎氏は決して、いわゆる女好きの作家ではない。一般的抽象的な女、かつ女一般、女全体は、氏に何ものも夢みさせはしないし、女がただ女なるが故に、氏の幻想を培うのではない。氏にとっては、女はあくまで、氏の好みに従って美しく、極度に性的関心を喚起しなければならず、そのとき正に、その女をめぐるあらゆるものがフェティッシュな光輝にみちあふれ、そこに浄土を実現するのだ。

最後に、氏の「文章読本」は、日本の作文教育に携わる人たちにぜひ読んでもらいたい本であって、谷崎氏が自分の好みに偏せず、古典から現代にいたる各種の文章の異なる魅力を、公平に客観的にみとめつつ、且つ自分の好みを円満に主張している点で、日本の作文教育が陥りがちな偏向の、至上の妙薬になると思う。というのは私自身、小学校の誤った報告的リアリズム一辺倒の作文教育にいじめられ、のち中学に入って、この「文章読本」を読んで、はじめて文章の広野へ走り出したという何ともいえない喜びを味わった経験があるからである。

＊　この評論を書いたとき、「金色《こんじき》の死」を未読であった。「金色の死」は、このようなナ

ルシシズムの、氏にとっての全く例外的な作品であるが、芸術的にはみごとに失敗している。しかし、この失敗はきわめて意味が深い。この失敗によって、氏は、生涯氏に災いしたかもしれぬもっとも危険な思想への岐《わか》れ路《みち》を（おそらく無意識に）避けえたからである。

（河出書房新社『豪華版日本文学全集12谷崎潤一郎集』昭和四十一年十月）

解説

一

私はすでに数度、谷崎氏の全作品について論じている。それを繰り返すことを好まない。この度新潮社から谷崎集が刊行されるに当り、私は今までの自分の谷崎論はいわばオーソドックスの谷崎論として、既に読まれたものと仮定した上で、今度は別の角度から、谷崎氏の全作品に逆照明を投げかけてみたいと思った。そのとき、あたかも表富士と裏富士のように、はじめて氏の文業を立体的相貌を以て眺める視点が獲得されるかもしれない。

その逆照明の光源として私の選んだのが、「金色《こんじき》の死」という作品である。「金色の死」は大正三年十二月「東京朝日新聞」に掲載されたもので、自作に対して潔癖な作者自身に嫌われ、どの全集にも収録されず、歿後の中央公論社版全集ではじめて読む機会が与えられた。作者自身に特に嫌われる作品というものには、或る重要な契機が隠されていることが多い。たとえば川端康成氏は、自作「禽獣《きんじゅう》」に対する嫌悪をしばしば公にしているが、「禽獣」が傑作であるのみならず、川端文学の全貌を或る角度からくっきり照らし出す重要な作品であることは天下に知られている。

嫌悪や惑溺において、作家は思わず矩《のり》を越えることがある。感覚は理智の限界を越え、形式を破壊し、そこに思わぬ広大な原野を垣間見させることがある。しかも作者が丹精した園だけを案内される読者は、高い塀の蔦にかくれたドアをふとひらいて、別の広野を瞥見させられる機会に、この時を除いて二度と遭遇しない。あわてた作者は自分の誤りに気づき、読者を二度とそのドアのところまで案内しなくなるのである。

川端氏における「禽獣」と、谷崎氏における「金色の死」を比較すると、こうしたいわば「忌わしい秘作」の共通点は持つにもせよ、これをめぐる事情は、種々の点で対蹠的である。第一に、反形式主義者の川端氏は、作品と人生を通じて受身のノンシャランスを身上とする作家であるから、「禽獣」が取立てて無形式無限定の裸の作品というわけではない。すべての作品がそうであり、「禽獣」はたまたま嫌悪が主題になって、嫌悪と侮蔑を表立てた冷たい愛が語られているにすぎず、この一作が他作の形式的尊厳を犯しているという性質のものではない。谷崎氏における「金色の死」は、この点でちがう。耕しに耕し、丹精を凝らした、工芸的完璧を持った園のような作品を身上としたこの作家は、(初期作品において多少の例外はあるけれども)、人間性のあくなき剔抉《てっけつ》を主題としながら、その形式的尊厳を失うことのなかった人である。思わず洩れた吐息のごときは、この作家の嫌悪するところであった。川端氏も谷崎氏も精妙な自意識家である点では共通だが、その自意識の方向がちがう。谷崎氏は自己に対しては鋭い批評家だったが、他に対してはほとんど批評能力を持たなかった。

第二に、「禽獣」と「金色の死」と比べてみると、前者は傑作であるのに、後者は明らかな失敗作である。私はこの両文豪の傑作と失敗作を並べて白黒をつけようなどという意図は毛頭持たないが、無打勝流《むてかつ》の川端氏などとちがって、円滑な形式的完璧さと構成力を持った谷崎氏の作品をあげつらう場合は、その明らかな失敗作からでもアプローチする以外には手がないのである。事実、明敏な自己批評家の谷崎氏は、「金色の死」の芸術的欠陥を自ら認め、これをできれば作品目録から抹殺したかったのであろう。

しかし天才の奇蹟は、失敗作にもまぎれもない天才の刻印が押され、むしろそのほうに作家の諸特質や、その後発展させられずに終った重要な主題が発見されることが多いのである。スタンダールの「アルマンス」などの失敗作を読めば、この間の消息が察せられよう。

「金色の死」は一種の思想小説・哲学小説であって、ここにはこれより後谷崎氏によって故意にか偶然にか完全に放棄された思想が明確に語られている。もしそれが放棄されていなかったら……、という想像こそ読者にゆるされた特権であろう。もしこの主題が正当に発展させられていたら、明らかにわれわれは今日見る谷崎文学とは、その偉大、その規模は等しくとも、全く展望のちがった谷崎文学を持ち得たかもしれないのである。

「金色の死」は、「私」の少年時代からの友人の岡村君の美的生涯を描いた物語であり、岡村君の成就した芸術上の究極境に対して、「私」は一応の文学的成功を得ながらも、ついに及びがたかった者への羨望を表白して終るのだが、もちろんこの種の小説の定石として、話者の「私」は岡村君を際立たせるために故意に凡庸な性格を与えられており、「私」と谷崎氏は境遇こそ似ておれ、全くの別人である。むしろ「私」というアリバイを設定することによって、作者は自由に岡村君に感情移入をなしえたように思われる。

岡村君は、「私と同い年にも拘らず、一つか二つ年下に見える小柄な品のいい美少年」であったが、富裕の家に生れ、長ずるに及んで、機械体操の訓練を重ねた結果、アポロのような美青年になる。数学、歴史を嫌い、語学に長じ、秀才ではあるが、学校を出てからは快楽生活に没入し、しばらく世を避けたのち、箱根に無何有《むかう》の郷《さと》を建設して、「芸術体現」の思想を実現し、ついに諸人の讃仰のうちに「金色の死」を遂げて、生と芸術の一致を成就するのである。

もちろん文学的影響としてはポオがありボオドレエルがあって、岡村君の思想の分析もさほど深くはなく、又、無何有の郷の描写も類型的なきらいがあるが、当時におけるこの作品のおどろくべき独自性は疑いようがない。

岡村君と「私」は、美及び芸術についてディスカッションを闘わせ、(この部分を発展させれば、日本にめずらしいロマン・イデオロジックの嚆矢となったであろうが)、岡村君はレッシングを批判する。

(余談ながら、岡村君の最も好きな画家が、「日本では豊国、西洋ではロオトレク」というのは、いかにも大正的貧相で、ロオトレクとチャリネとの情緒的連関があるにしても、岡村君の唯美主義に情緒的性格の濃いことが、ここではしなくも暴露される)

さて、岡村君のレッシング批判は、彼の固執するいくつかの想念をもとにしてくりひろげられる。

(その一)「肉眼のない心眼なんか、芸術の上から何の役にも立ちはしない。完全な官能を持って居る事が、芸術家たる第一の要素だと思うね」

(その二)「一体芸術的の快感を悲哀だの滑稽だの歓喜だのと云うように区分するのが間違って居る。世の中に純粋の悲哀だの、滑稽だの、乃至《ないし》歓喜だのと云うものが存在する筈はないのだから」

(その三)「(詩の領分と絵の領分との間に、境界のある事を)全然認めて居ない」

(その四)「僕は眼で以て、一目に見渡す事の出来る美しさでなければ、即ち空間的に存在する色彩若くは形態の美でなければ、絵に画いたり文章に作ったりする値打ちはないと信じて居るんだ。そのうちでも最も美しいのは人間の肉体だ。思想と云うものはいかに立派でも見て感ずるものではない。だから思想に美と云うものが存在する筈はないのだ。(中略)美は考えるものではない。一見して直《じか》に感ずる事の出来る、極めて簡単な手続きのものだ。而《しか》も其手続が簡単であればある程、美の効果《エッフェクト》は余計強烈である可《べ》き筈だ」(傍点三島)

(その五)「僕の最も理想的な芸術と云えば、眼で見た美しさを成る可く音楽的な方法で描写する事にあるんだ」

(その六)「ロダンの『サッフォの死』が美しいとすれば、其の彫刻に現れた二個の人間の肉体が美しいのだ。サッフォの歴史とはまるきり縁故のない事なのだ。(中略)故に若し、画家に取て選択すべき瞬間があるとすれば、其れは唯或る肉体が最上最強の美の極点に到達した利那の姿態を捉える事なのだ」

(その七)「(レッシングの想像力による『含蓄ある瞬間』を否定して)ラオコオンが嘆いて居ようが、叫んで居ようが、乃至血だらけになって呻いて居ようが、其の瞬間の肉体美さえ十分に現れて居れば沢山なんだ。(中略)そうだとも、——一体僕は想像と云うような歯痒い事は大嫌いだ。何でもハッキリと自分の前に実現されて、眼で見たり、手で触ったり、耳で聞いたりする事の出来る美しさでなければ承知が出来ない」

（その八）「最も卑しき芸術品は小説なり。次ぎは詩歌なり。絵画は詩よりも貴く、彫刻は絵画よりも貴く、演劇は彫刻よりも貴し。然して最も貴き芸術品は実に人間の肉体自身也。芸術は先ず自己の肉体を美にする事より始まる。（中略）チャリネ（サーカス）は生ける人間の肉体を以て合奏する音楽なり。故に至上最高の芸術也」

（その九）「人間の肉体に於て、男性美は女性美に劣る。所謂男性美なるものの多くは女性美を模倣したるもの也。希臘《ギリシャ》の彫刻に現れたる中性の美と云うもの、実は女性美を有する男性なるのみ」

（その十）「芸術は性慾の発現也。芸術的快感とは生理的若しくは官能的快感の一種也。故に芸術は精神的《スピリチュアル》のものにあらず、悉く実感的《センジュアル》のもの也。絵画彫刻音楽は勿論、建築と雖も亦其の範囲を脱することなし」

二

煩をいとわず引用した右の十箇の箴言から、人は岡村君の口を借りた谷崎氏自身の芸術宣言を読まないだろうか。事実「金色の死」におけるほどあらわに観念的に、谷崎氏が芸術論を作中で展開したことは、空前にして絶後なのである。

かつて私は谷崎氏を「絵画的天才」と評したことがあるが、造形美術の世界ならいとも自然な理念を、大胆にも文学の世界へ持ち込んで、この青年時の固定観念を一生を通じて発展させた作家は、世界にその類を見ず、他にはわずかにテオフィル・ゴーティエを数えるのみである。

右の十ヶ条を、もし単純化して、概括してみるとすれば、次のようなことになろう。

(その一) 視覚主義、官能主義。
(その二) 感情の否定——反ロマンティシズム。
(その三) ジャンルの否定——反古典主義。
(その四) 思想の否定——肉体主義とフォービズム。
(その五) 音楽性と絵画性の調和。
(その六) 歴史の否定——時間の否定——反歴史主義と極端主義《エクストリーミズム》。
(その七) 想像力の否定——現存在《ダーザイン》至上の刹那主義《モーメンタリズム》。
(その八) 肉体による芸術と音楽性との合致。
(その九) 男性美の否定——ヘルマフロディティズム。

（その十）精神の否定――絶対官能主義。

こうして列挙してみると、岡村君の思想は幾多の否定によって定立され、しかも反対概念としての二つの思想を共に否定することによって矛盾撞着を生じ、この論理的欠陥にもめげず、作中の岡村君は、死によって生と芸術の一致を体現するが、取り残された作者はわが身にその矛盾を負うて、芸術制作の自己否定に陥るという経緯が手にとるようにわかるのである。私の目的はその矛盾を追究し、谷崎文学がいかにその矛盾に耐えずして方向転換し、はては「金色の死」が作者自身によってうとまれるようになったか、ということを分析することである。

（その一）の視覚主義、官能主義は、とりわけ谷崎氏の前期の作品の特徴をなすものであり、強い欲望を持った青年期の正直な表白であるが、盲目のミルトンの見る美を否定した岡村君が、のちに「春琴抄」の佐助に変貌する必然性は、すでに正確に用意されている。すなわち、目に見え、視覚的官能によって捕捉された美が、この世から失われた瞬間に、その美を保持する唯一の方法は、美を生ぜしめた生理的感覚の根源（目）を潰すことしかないからだ。すなわち佐助の盲目はミルトンの盲目と反対の意味を担っており、谷崎氏はプラトン哲学の滝を遡行するのだ。しかし目をつぶすことによって得られた官能の醇化は、若い谷崎氏にはまだ想像もつかなかった事態であり、岡村君は何一つ失わぬままの美的完結性にのみ執着するのである。

問題は、視覚的官能によって捕捉された美が果して客観性を持ちうるか、というところにあり、（その二）は、すべてを一種抽象的な芸術的快感（実は性慾的快感と言いかえてもよい）に還元することによって、美を判断する種々の感情的要素を払拭しようと試み、美の客観性を定立しようとしたものである。そこでは純粋性慾による美の歪曲のみが公認されているのであり、感情的主観的要素は潔癖に排除される。しかし感情の普遍性を否定する一方で、性的慾望の諸偏差を否定するのは矛盾であり、このような諸偏差の否定のドグマは、芸術上のジャンルを峻別しようとする古典主義の否定にいたる。ところがジャンルの否定は、感情や心理や官能の表現形式の諸範疇の否定であるから、岡村君は、すべての芸術を、いわば、「純粋性慾による普遍的な単一表現形式」に統一しようとしているわけである。こう考えることが、矛盾を免れる唯一の方法であり、美の客観性を獲得するためならどんなドグマでも立てるというマニヤックな性格が語られる。

《不感不動の境地で、ただ性的な美的判断のみを働かせて、美を創造しなければならない。さりとて古典主義的美的基準に依拠するのではない。官能を以て、全的に感情を代行せしめなければならない》

これを今仮に、第一命題と呼んでおこう。

三

次に、このような思考が、内面性を蔑視するのは当然のことだが、感情を除外して官能のみに徹すれば、風景や静物の美は問題でなく、「最も美しいのは人間の肉体」（その四）ということになるのも当然である。しかし、（その四）（その五）（その六）には矛盾がある。なぜなら、思考の手続きを蔑視し、直接性と瞬間性の現存在全体の美を求めるなら、時間芸術である音楽との親和は妥協であり、音楽と妥協しながら、時間性と歴史を完全に否定しようと考えるのも矛盾である。岡村君は、音楽の時間的持続は、何ら思考の手続きに要する時間的持続とも、歴史的持続とも無関係な純粋持続である、と抗弁するかもしれない。しかしいかに純粋な持続であろうと、一定の時間的持続の中で、肉体の美の「最上最強の極点」は崩壊せざるをえないのである。しかも音楽から想像力を除いたら何が残るだろう。絶対不感の現存在の瞬間芸術の、音楽との妥協は、自ら否定した想像力の作用を音楽を以て代行させようとしたのではなかろうか。

かくて、このドグマは、次のような第二命題を形成する。

《想像力による媒介を経ない、直接性と瞬間性の現存在総体としての美は、音楽によって想像力を補塡されなければならない。美の享受者と美の間に、純粋性慾以外の、一切の無媒介の直接性が保障されるには、時間芸術の純粋持続が導入されなければならない》

四

さて、(その八)と(その九)にもまた、矛盾が、おそらくもっとも本質的な矛盾がひそんでいる。「芸術は先ず自己の肉体を美にする事より始まる」から、岡村君は機械体操に熱中しかつその美貌を磨き立てるのであるが、同時に岡村君は男であるから、その官能の命ずるところ、美的対象として女を求め、「人間の肉体に於て、男性美は女性美に劣る」という結論に達せざるをえない。もし岡村君がゲエテのように、「純粋に生物学的見地から見れば、男性美は女性美にまさる」と言っているのならともかく、官能的享受がすべての美の客観的(!)基準だと信ずる岡村君は、女性美の優越性を認めざるをえない。そのとき、なぜ「自己の肉体を美にする事」が必要なのか、そこに撞着が起るのである。

芸術家は、官能の源泉であり、エロースであり、美の創造者、認識者、判定者であれば十分なのであって、何故自らが美しくなければならないか。あくまで美が外的に対象的に把捉しうるものでなければならず、思想・感情の皆無なところにしか発生しないとすれば、純対象的に把捉しえない自己の美は、むしろ美を混乱に導くものではないか。しかも岡村君は、美を存在せしめる視覚的官能の先験的な観念性を信じており、それこそ男の特質であるなら、男が美であるためには、その観念性を放棄せねばならず、それを放棄するときには「見る」という男の官能の特質をも放棄し、すなわち美を存在せしめる感覚的源泉の自己否定に終るではないか。すべての美が男の意識からのみ生れるものであれば、この強烈な主観哲学が客観性を持つためには、男は二重の役割を持たねばならぬ。すなわち、美の創造者と体現者の一人二役である。岡村君は、美の客観性の保障として、自分が外面的には美そのものであり、（しかもその美を保障するものは、視覚的官能の持主としての男しかいない筈だから、すなわち、自分の美の保障者は男たる自分自身のみである）、内面的には美を存在せしめる官能の源泉であろうとした。芸術家と芸術作品を一身に兼ねることにより、この矛盾を解決しようとしたのである。そしてその一致の瞬間とは、自分の意図した美が完成すると同時に自分の官能を停止せしめ、すなわちその金粉が皮膚呼吸を窒息させ、自分の内面にはもはや何ものも存在しなくなり、肉体は他者にとっての対象に他ならなくなり、すなわち死体になった瞬間であった。

最終命題は、次のようである。

《芸術は悉く実感的《センジュアル》なものであるが、その客観性の最終保障は、感じることと享受すること

にあるのではなく、感じられること享受されることになければならないが故に、官能的創造の極致は自己の美的な死にしかない》

五

しつこいようだが、ここで三つの命題を並べてみる。

第一命題《不感不動の境地で、ただ性的な美的判断のみを働かせて、美を創造しなければならない。さりとて古典主義的美的基準に依拠するのではない。官能を以て、全的に感情を代行せしめなければならない》

第二命題《想像力による媒介を経ない、直接性と瞬間性の現存在総体としての美は、音楽によって想像力を補塡されなければならない。美の享受者と美の間に、純粋性慾以外の、一切の無媒介の直接性が保障されるには、時間芸術の純粋持続が導入されなければならない》

最終命題《芸術は悉く実感的《センジュアル》なものであるが、その客観性の最終保障は、感じること享受することにあるのではなく、感じられること享受されることになければならないが故に、官能的創造の極致は自己の美的な死にしかない》

この三つの命題の間にそれぞれ矛盾があるのは前述したとおりだが、私が「金色の死」から抽出した三命題には、おそらく谷崎氏の生涯の美の理想が語り尽されており、一方谷崎氏はこれらの命題を綜合的に追究することなく、失敗作「金色の死」から身を背けてしまったのである。それについては後述するが、氏はおそらくこの作品の線上の追究に、何か容易ならぬ危険を察知して身を退《ひ》いたように思われる。

本書に収められた名作群でも、「刺青」「秘密」「痴人の愛」「春琴抄」「卍」などは第一命題に属し、「細雪」「少将滋幹の母」は、その歴史の中の非歴史性ともいうべき一種の音楽的な純粋持続（文体がこれを保障する）によって第二命題に属するが、最晩年の傑作「瘋癲老人日記」のみが、ふしぎな照応によって、「金色の死」との一種皮肉な対照を保ちつつ、辛うじて第三命題に近づくのである。しかし谷崎文学を論ずる場合、青年期に書かれた「金色の死」のやや滑稽な悲劇性と、「瘋癲老人日記」の荘厳な喜劇性とは、見忘られてはならない対比である。

私は浅薄な精神分析的批判方法を好むものではないが、あれほどクラフト・エビングに一時は心酔した谷崎氏の作品を、精神分析的に跡づけることは許されるであろう。

精神的マゾヒズムよりも肉体的マゾヒズムを好む「饒太郎」の主人公のような性的傾向には、必ず自己の肉体を誇る肉体的ナルシシズムがひそんでいる筈である。「金色の死」

は、このようなナルシシズムのもっとも昂然たる表白であった。そしてもし「金色の死」が純粋ナルシシズムで一貫していたら、その論理的整合は、この作をもっと完結的な美へ導いたであろう。

しかし美を「見る」ものと考える男性的意識は、その識閾《しきいき》下における更に男性的なナルシシズムと、おそらく相互に表現不可能・了解不可能の形で結び合わされているのが人間の宿命ではなかろうか。ともすると男とは、男性本来のもっとも強烈なナルシシズムを癒《いや》すためにのみ、意識的な対象性慾を授かって、そのほうへ馴化されてゆく存在ではなかろうか。意識自体が自意識を表現不可能たらしめているのである。

以後は、私の、若き谷崎氏に対する推理的探究である。氏は「金色の死」を書いたとき、もしこのような思想を実践しようとすれば、行く先には、芸術体現の直接性瞬間性の永遠化として、正に「金色の死」しか存在せず、氏の芸術は、ただ一つ、死を目的とするところの、認識放棄の未聞の芸術になるということを直感したにちがいない。認識者（見る者）を表現の基幹に置く小説とは無限に遠い、認識の自己否定を基幹に置く芸術、たとえばバレエにおけるニジンスキーの如きものが、そもそも言葉を媒体にして存在しうるだろうか。肉体のみによる美の表現、ポオル・ヴァレリーが「最高の自己表現」と呼んだ舞踊芸術が、一曲一曲、死の代りに音楽の終りを置き、そこで完結するように、ひとつひとつの小説の終りで死を模することで谷崎氏は果して満足したろうか。言葉と肉体との絶対の二元性を脱却しようとすれば、人は肉体の死を志すほかはないのではなかろうか。「金色の死」を自ら否定したときから、谷崎氏は自殺を否定したように思われる。すなわち、自己が美しいものになろうとすれば、人は果てしなく自殺の欲望へ誘われるであろうから、生きるということは、自己が美しいものになることを断念することであり、「金色の死」の芸術論の大切な前提を断念することである。いうまでもなく、自己が美しいものになることは、この芸術論の最大の矛盾であったが、それなしには岡村君は存在しえず、それなしには認識への最終的な侮蔑は達成されえず、それなしには人は想像力なき「無媒介の美」の無何有の郷へ入ってゆくことはできない。なぜなら、創造者と被造物としての美との間にある永遠の柵を乗り越えるためには、この矛盾を死を以て踏みにじるほかはないからであり、正に美をして存在せしめたおのれの官能の根源を無にいたらせるほかはないからだ。これよりあと「春琴抄」の佐助は、部分的自殺という方法を発見するが、これはもとより自己を美と考える心理機構とは無縁の方法であり、明らかな認識者の方法である。佐助の行為は、いわば官能から導かれた最高の叡智なのだ。

六

それにしても「金色の死」の、美の理想郷の描写に入ると、とたんにこの小説は時代的制約にとらわれたものとなる。ミケランジェロやロダンの彫刻のコピーの配置、ジョルジオーネのヴィナスや、クラナハのニンフその他の泰西名画の活人画、ロオマも支那も、世紀末も密教美術もおかまいなしの東西混淆は、当時の知識人の夢の混乱と様式の混乱を忠実にあらわし、ひいては、統一的様式を失った日本文化の醜さを露呈する。私はここの描写から、世界最高の俗悪美の展示場ともいうべき、香港のあのタイガー・バーム・ガーデンを想起したのである。日本のユイスマンスの美的生活の夢は、これほどまでに貧相であった。古典美もなければ頽廃美もなく、ひたすらに遊園地風のその描写は、しかし谷崎氏の責任とは云い切れない。日本の大正文化の責任と限界であり、当時の哀れな大正教養主義の奴隷どもが、今日の日本でオピニオン・リーダアに成り上っている惨状に比べれば、思想や精神を軽蔑した岡村君のいさぎよい自己犠牲は、以て範とすべきであったかもしれない。

「金色の死」を否定したことにより、谷崎氏は、自己の芸術的方法の根本的矛盾に目をつぶり、その背理をおしすすめる未聞の方法へ触手をのばすことなく、日本独自の、あの写実主義と装飾主義の折衷ともいうべき、伝統的背理を利用して、そこに悠々たる芸術境をひらくのである。ナルシシズムの地獄の代りに、円滑な、千変万化のマゾヒズムの夢が花ひらいた。サディスティックな批評能力がすべての形式を破壊してゆくような嗜慾とは無縁であった氏は、どんな悲劇の裡にも或る至福を語り、その語ること自体の情熱が、読者を魅するにいたる。氏は、官能による美を存在せしめる秘法を会得し、二度と「金色の死」の自己破壊に陥ることがなかった。深淵はなめらかな苔に充ち、苦悩は遠いところで快楽と手を結んだ。美の誘惑者であることが、美に化身して死を以て誘惑することではなくなり、いわば美を使役して誘惑することになったとき、「金色の死」が危機的に示した客観性の不安は拭われ、小説家の客観主義が真の円満な発達を遂げた。

その内で、しかし深淵は、しばしば谷崎氏の内的なドラマを窺わせて、ちらと姿を現わす。「卍」におけるレスビアニズムという、男性の自意識を全く免れた世界。（あの封筒の描写による客観性設定の巧みさを見よ）。「卍」は、かくて、谷崎氏が容赦なく深淵の中へ手をつっこみ、登場人物を冷酷に破滅へ追い込んでゆく手腕において、卓抜なものである。この傑作に見られる、フランス十八世紀風な「性」の一種の抽象化、性的情熱の抽象主義は、遠く晩年の作品「鍵」や「瘋癲老人日記」に、その影を投じている。しかももっとも怖ろしい「卍」にせよ、もっとも美しく完璧な「春琴抄」にせよ、人間が最後におちこむ深淵には、性的至福が漲《みなぎ》っているのである。「瘋癲老人日記」の医学的記述が、死を冷たく即物的に扱っている部分は、このような「至福」へのみ誘惑される人間精神の或る華美な傾向に対する、絶妙なイロニーと云わねばならない。それは肉体に対するイロニーではなく、依然として精神と思想に対するイロニーなのだ。

「細雪」は、又、今後、日本文化の様式を記録した傑作として、永く世に伝わるであろう。文化が作品たるにとどまらず、その国の深い伝統と生活様式、ものの感じ方、味わい方、日常の挙措動作、趣味趣向のはしばしまで支配するものであるということを、今後の大衆社会の成員は、およそ理解することができなくなるかもしれない。花は桜、魚は鯛という月並みな感受性のうちに何がひそむかを証明した「細雪」のような作品は、文化とは何かを不断に答えてくれる古典になり、その女主人公きあんちゃんの幻影は、日本女性の永遠のオブスキュリティーの象徴となるであろう。

こうして氏の名作と呼ばれるものを並べてみると、氏はその生きた時代に於て幸福であったという奇妙な感じがする。なぜなら題材的風俗的には、「痴人の愛」「卍」「秘密」「金色の死」などは、それが書かれた時代よりも、今日の日本の風俗的混乱の中に置けばさらにアクチュアルなのであるが、それにもかかわらず、「痴人の愛」のマゾヒズム、「卍」のレスビアニズム、「秘密」のトランスヴェスティズム、「金色の死」のナルシシズム等は、今日よりもむかしの風俗の中に置くほうが、はるかに秘密めいていて、言葉の本当の意味で快楽的なのである。それらはいわば、かつては選ばれた者の快楽であり、そのような題材を扱うことが、一種の世紀末趣味を満足させ、知識階級の悪徳の表現たりえたのであり、人間の問題である前に性慾と官能の問題であった。しかし今の日本では、それら諸作の題材の「新らしさ」と別に、快楽も知的放蕩も悪徳の観念性も喪われ、あらゆる性的変質はあからさまな人間性の具現にすぎなくなり、その風趣は消え、そのロマンティシズムは消失したのである。

（新潮社『新潮日本文学6谷崎潤一郎集』昭和四十五年四月）

「刺青」と「少年」のこと

世紀末芸術への共感から文学の世界へ歩み入った少年時代の私は、日本の作家では潤一郎の文学に耽溺した一時期を持った。「刺青」や「少年」などの初期の芳醴《ほうれい》に思うさま酔い、まだ「蓼喰ふ虫」や「卍」の玩味には至らなかった。むしろ初期の作品にあわせて、「谷崎源氏」「蘆刈」「盲目物語」の類いを愛読した。

文豪が文学史的に重要な作品「刺青」や初期の傑作「少年」を書いた年齢に、為すところなく私も達してみると、世紀末芸術と初期の潤一郎作品との共通性が、表面上の相似にすぎないことがわかってきた。今日読んでみると潤一郎の青年時代の作品に上昇期の健康な息吹のみ著しいことは、元禄時代文芸復興の巨匠、巣林子《そうりんし》の作品が、いささかの頽廃の翳《かげ》をもたないことと共通している。刺青はデカダンスの小説ではない。ロマンチスムの小説なのである。（日本のデカダンスの作家は、川端康成と岡本かの子の二人ぐらいである。

或る意味では石川淳と檀一雄をこれに加えることができる）初期の潤一郎は日本のゴーティエであって、日本のボオドレエルでもワイルドでもない。

この規定と条件の下に、依然「刺青」は天才の作品である。刺青の背景は、南北・黙阿弥の世話狂言の世界ばかりでなく、（その限りでは荷風の背景だ）、江戸根生《ねおい》の歌舞伎十八番の豪宕《ごうとう》稚純な荒事の舞台である。十数人の首が右から左へ撫斬《なでぎ》りにされ、人間の腕が引抜かれてバリバリ喰べられても不思議はない世界である。入墨はこうした殺伐が美へと転身したような、一種のカタルシスの象徴として語られる。「異端者の悲しみ」と併読すると、「刺青」は或る意味では作者の象徴的な告白小説であることがわかるであろう。初期の潤一郎はまだ美それ自体を語ることができない。彼はくりかえしくりかえし美の生成について語っているのである。このことは少し念入りに読めば誰にもわかる。

やがて潤一郎の美学は意志の喪失によって得られる種類の客観性を要求した。「細雪」の客観性はおどろくべき無意志から生れたものである。（この点でフロベエルと対蹠的だ）現実を仮構に変造するような詩人の才能に徹底的に欠けた潤一郎は、現実に対する対抗手段として、唯一つのものを持った。美の意志の抹殺である。美は意志されずに存在しなければならない。美の存在自体が現実でなければならない。意志せずにまず直面しなければならない。彼の美学が要求する客観性は、美を出来得るかぎり現実に似せることなのである。この点ワイルドと反対であり、また潤一郎の美学が写実主義と握手しえた秘密がここにある。彼は現実に直面するように美と直面することのできる幸福な作家になった。潤一郎の美学の最初の目ざめは、美学の放棄であった。
「刺青」の中で意志の対象であった美は、「少年」では、偶々彼の美学最初の目ざめの前触れをなして、無意志の美に変貌する。これはあくまでも「偶々」である。何故なら無目的な子供の心裡に辿られるこの物語の環境は、たまたま客観性を具えるのに好適だったからである。感受性の魔が人間を蝕み人間を放逐するこの怖ろしい童話が見事な純粋さで構築され、今日なお「刺青」よりもはるかに現実的であり、それゆえにまた、今日なお現実に対して不断の新しい抵抗感を持っている所以である。

——一九四九、六、三〇——

(河出書房『現代日本小説大系20』月報　昭和二十四年七月)

谷崎潤一郎「刺青」について

短篇小説「刺青」は、明治四十三年、谷崎氏が満廿四歳の十一月、「新思潮」に発表されたもので、戯曲「誕生」よりも発表は遅れているが、制作は夙《はや》く、作者自身の言によれば「ほんとうの処女作」である。「しせい」と読む。

「刺青」は「少年」と共に谷崎氏の初期の作品群を代表する傑作であるが、この作品は氏の美学がもっとも端的な形で告白されている点でも重要なものである。

「刺青」の美学は、名人気質の意志的な美学ではなくて、女の肌に現実に存在するにいった刺青《いれずみ》が、名人の美の意志を抹殺する存在となる物語であり、芸術家はこの前に敗北し、拝跪しなければならないのである。そこでは無道徳な力が美の本質となり、現実の形をとった美の宿命となる。美に対して氏の感性は無抵抗な形で直面せねばならず、そのために氏の美学が要求する客観性は、美を出来うる限り現実に似せることである。氏の美学が写実主義と握手しえた秘密はここにあり、後年の「細雪」の客観性は、青年時代の一見主観的な「刺青」の、論理的帰結なのである。

(『文芸』昭和二十七年十月)

文章読本について

谷崎文章読本は、中学生のころ、すみからすみまで読んで、大いに傾倒したもので、当時の誤った作文教育の、(今でもそうかもしれぬ)、何でもかでも飾りけのない、達意本位の、リアリズム文章だけを文章とみとめる行き方に、反撥を感じていた私は、谷崎文章読本を読んで目をひらかれ、谷崎氏が自分の好みに偏せず、あらゆる種類の文体のそれぞれの値打を、客観的にみとめていられる態度に意を強うした。

今や日本語が麻の如く乱れ、悪文怪文天下をおおいつつあるとき、谷崎文章読本が再び世に出るのは、もっとも時宜を得たことである。日本語の微妙な特質をかえりみることは、新時代の文章の形成に当っても、一度は必ず通るべき道であろう。

(中央公論社『谷崎潤一郎全集第21巻』帯　昭和三十三年七月)

谷崎文学の最高峯

「瘋癲老人日記」は正真正銘の傑作であるのみならず、谷崎連峯の、「刺青」「痴人の愛」「蓼喰ふ虫」「卍」「春琴抄」「細雪」「少将滋幹の母」につづく、否その中で最高峯を占めるかもしれない完璧な芸術的達成である。老境にいたってこの大文豪が、かくも強い筆致と濃い艶情を持し、衰えを見せぬどころか、却って芸術の奥殿へ跳躍したその力には瞠目の他はない。

若かりし日の素朴な善悪の二元論は、谷崎文学の完成を遅らせたともいえようが、死とエロティシズムの二元論が極致の形で凄絶に対決する「瘋癲老人日記」にいたって、その対決自体が高度の形而上学に化し、氏の芸術と思想は一如になった。文学の衰退が叫ばれる今日、ここにこそ文学がある、と叫ぶに足る作品が生れたことは、慶祝のいたりである。

（中央公論社刊『瘋癲老人日記』ちらし　昭和三十七年五月）

谷崎潤一郎氏を悼む

谷崎氏の訃に接して、何か自分の人生まで途中からポキンと音を立てて折れてしまったような、他の文学者の死には感じることのなかった感懐に、私がとらわれたのには理由がある。

私はおよそ小説というものを書こうと決心してから二十七年間、いつも谷崎氏の仕事とともに生き、氏と同時代人たることを誇りにしてきた。少年の最初の読書の選択は、少なくとも文学書の選択は、決して偶然というようなものではない。自分の未来を自分の手で、鷲摑みにしてしまうのだ。それがオスカー・ワイルドと谷崎潤一郎だった。

私は昭和十三年当時の古本屋をあさって、各種の円本の谷崎集を買い集め、初期作品から「春琴抄」「盲目物語」「蘆刈」などにいたるまで片っぱしから読んでは、影響を受け、模作もした。そしてそういうハダからじかに吸い込むような享受の時期がおわったのちも、谷崎文学は常に身近に感じられ、氏の文学に対する私の忠実は渝《かわ》ることがなかった。

若き谷崎氏が悪魔主義を鼓吹した大正初期と、私の少年時代の戦時とは、時代の色合は全くちがっているけれども（この「けれども」がすでに谷崎調だ）白樺流の作文教育にいじめられてきた少年は、自分の異質性のこのうえもないエクスキューズを、谷崎氏の上に見出したわけである。

戦争がすんで「細雪」や「少将滋幹の母」によって、谷崎文学の巨大な花が全日本を覆うようになったとき、私は自分の個人的な趣味が普遍妥当性を獲得したような気がして、多少うれしく、また多少迷惑に感じた。自分の恋人があんまり公共的なものになるのは、ありがたいことではない。

それに、戦争が終るまでは、一番尊敬されている作家は志賀直哉氏で、一番愛されている作家は谷崎氏ということであるらしかったが、志賀氏の寡作のためもあって、戦後は徐々に谷崎氏が、この国最高の尊敬と愛を独り占めするようになった。谷崎氏が感覚的というよりは、むしろ思想的な作家であることは、私には昔から自明の事柄だったが、それも伊藤整氏の精密な論理で世間に納得できるような形で証明されるにいたった。

そういうふうに、谷崎文学は「みんなのもの」になってしまったが、それが再び私の手に戻ってきたと感じられたのは「鍵」「瘋癲老人日記」のすさまじい諸作品からである。

批評家たちが、ほめながらももて余して「老人文学」などと呼んでお茶を濁しているのを見て、私は満足であった。「鍵」「瘋癲老人日記」こそ、中期の傑作「卍」の系列に属するもので、フランス十八世紀文学のみがこれに比肩しうる、官能を練磨することによってのみえられる残酷無類の抽象主義であり、氏の文学のリアリズムの本質をあからさまに露呈したものであった。それは臨床医家の人間認識であり、氏の「人間」に対する態度決定が、場合によってはやすやすと「文学」を乗り越えるような、ひどく無礼千万なものを暗示していた。

思えば敗戦直後、私は日本に元禄時代の再来を夢みており、その夢には必ず谷崎文学の映像が二重写しになっていたが、いま、谷崎氏の死とともに、私の幻の元禄時代、ついに現実に訪れることのなかった元禄時代も、永久に消え去ったと感じられる。

（「毎日新聞」昭和四十年七月三十一日）

谷崎文学の世界

戦後二十年たって、戦争体験やら戦後体験やらがやかましく論じられているが、少くとも昭和二十年当時十七、八歳以上であった人間にとっては、敗戦が一つの断絶と感じられていることは、たしかな事実と思われる。

しかし、そこにどうも一人だけ例外がある。この人ももちろん、戦時検閲の憂目を見、それなりの不自由も忍んだはずだが、傲岸不遜な芸術家の矜持を持ち、あらゆる人間に鄭重で、あらゆる人間を虫けら同然に考え、みんなが豆粕を食べているときに尾頭つきの鯛を食膳に載せ、生活全般を一流趣味で固め、日本古典文学の官能的な伝統を一身にあつめ、近代主義者たちの右往左往を冷たくながめ、政治をけいべつし、トーマス・マンが「自分のいるところにドイツがある」と言ったのとは多少ちがった意味で、「自分のいるところに日本がある」と確信し、すでに浪漫主義的天才であることを脱却して、ジュピターとサテュロスを兼ねた神になっていた。そしてあえて忖度すれば、大多数の日本人が、敗戦を、日本の男が白人の男に敗れたと認識してガッカリしているときに、この人一人は、日本の男が、巨大な乳房と巨大な尻を持った白人の女に敗れた、という喜ばしい官能的構図を以て、敗戦を認識していたのではないかと思われるふしがある。大きな政治的状況を、エロティックな、苛酷な、望ましい寓話に変えてしまうことこそ、この人の天才と強者としての自負の根源だった。

敗者という言葉にまつわる日本的なセンチメンタリズムや湿気から、氏ほど無縁であった人はない。敗北ということが氏の官能の太陽であったから、「刺青」の女の背の刺青が朝日にかがやくのへ拝跪したときから、氏の幸福な敗北の独創がはじまった。そのとき氏は、芸術家であることの、殊に日本で芸術家であることの、秘鑰《ひやく》を発見したのだと言ってよい。俗世間との戦い、政治との戦い、芸術以外のあらゆるものとの戦いに、官能の戦いにおけるその敗北のひそかな勝利をあてはめ、ふえんすることによって、氏は逆説的にも、絶対不敗の芸術家になった。つまり氏は、俗世間をも、政治をも、いや、この世界全体をも、刺青を施した女の背中以上のものとは見なかった。

外界はみんな女の肉体の諸相に姿を変えた。それは乳房であり、尻であり、背中であり、足の裏であり、そのもっとも秘密の部分に「母」が宿っていた。氏のフェミニズムが、強烈であると同時に単純な構図を持つのは、そこに氏の世界と人間に対する態度決定が前提となっていたからであり、美への憧憬と侮蔑的世界観とが統合されていたからである。こういうものをこそ、われわれは真個の思想と呼び、あえて感覚とは呼ばないが、日本のへんぱな社会科学者流の批評家によって、氏は久しく「思想のない作家」と呼ばれていた。だから、そんな連中は虫けらだった。女の荘厳な肉体の一片にも化身できない連中だった。谷崎氏はかれらを無視していた。

氏の生涯のように、文学者として思想的一貫性を持ち、決してその「発展」などに意をもちいず、言葉を、ただ徐々に深まる人間認識に沿うて深めてゆくことのできた、幸福な事例は、おそらく絶後であろう。

氏の初期作品では、やはり「刺青」が、氏の全貌の予言として、もっとも重要である。そして「少年」や「小さな王国」や「或る少年の怯れ」において、幼い目を通して「性」への本質的な恐怖を描いた氏は、そこで何ら幻想を描いているのではない。（ふしぎなことに、氏は詩的幻想を描こうとするといつも失敗する作家である。例として「鶯姫」等）。それらは氏の現実認識であり、「刺青」におけるかがやかしい敗北の喜びの陰画であった。「鬼の面」や「神童」で、氏は社会的コムプレックスと性的コムプレックスとのじめじめした交錯を追究したが、これは氏の本質的な仕事ではなかった。

中期のはじめに、氏は風俗に足をとられ、いくつかの気の抜けた作品を書いたが、「痴人の愛」で、あらゆる浪漫臭を払拭して、人間の本質的な痴態に対する目がひらかれた。これは自然主義の現実暴露とはちがって、人間の本質が痴態であるという、苛酷であると共に詩的な認識なのだ。「痴」という批評的判断は、氏の自意識がはじめてレンズの焦点をあわせて形をとった、いわば自己批評の芸術的造型であり、氏の独創は、そこからあらゆる日常的な陰湿さと、裏返しのヒロイズムをとりのぞいたことである。私は「痴人の愛」が、のちに「卍」に発展し、「卍」がのちに、十八世紀フランス文学の苛酷な人間認識とその抽象主義をわがものにしたかのような、「鍵」と「瘋癲老人日記」の制作にいたるこの系列を、谷崎文学の重要なキーと考える。

この系列はいわば氏の芸術上のかんぺき主義と様式主義の楽屋のようなものである。そして芸術作品としての「春琴抄」や「蘆刈」や「吉野葛」や「細雪」や「少将滋幹の母」などの、一種言いようのないツルツルした様式的完成は、氏の美学が、いかに既存のものの一流的安定を愛し、氏の人間認識がいかに未踏の破壊的なものにつながっていたかという、その危機に対抗するところに生れた僥倖の所産であるかとさえ考える。もちろん古典というものはそのようにして残ってゆき、上田秋成も、「春雨物語」の作者としてよりも、「雨月物語」の作者として残ったのである。

氏の生涯は芸術家として模範的なものだという考えは私の頭を去らない。日本の近代の芸術家中の一流中の一流の天才である氏は、日本の近代という歴史的状況のあらゆる矛盾を「痴態」と見ていたにちがいない。そしてそれによって犠牲にされたあらゆるものを、氏はあの豊じゅんな、あでやかな言葉によって充分に補った。かつてわれわれが「日本語」と呼んでいた、あの無類に美しい、無類に微妙な言語によって。

（「朝日新聞」昭和四十年七月三十一日夕刊）

谷崎朝時代の終焉

谷崎氏に最後にお目にかかったのは、アメリカのアカデミーの名誉会員になられて、アメリカ大使館でそのお祝いの会がひらかれた席上であった。

この日の招待客は、全部谷崎氏の選択によるもので、不肖私もその光栄に浴したが、行ってみると、いかにも谷崎氏らしいわがままな選択で、映画女優あり、古典芸能人あり、文士と云ったら、ほんの二、三を数えるだけであった。私には会員そのものよりも、氏の交遊関係の選択が如実にわかったのが面白かった。アメリカ大使館の人も、名札たよりに招待をしているので、或る高名な日本画家と歌舞伎俳優が、名札をとりちがえてテーブルにつき、アメリカ人がその歌舞伎俳優にしきりに画の話をし、画家にむかって、

「来月はどんな役をやりますか」

などと訊いているのが可笑しかった。

氏はうるさいことが大きらいで、青くさい田舎者の理論家などは寄せつけなかった。自分を理解しない人間を寄せつけないのは、芸術家として正しい態度である。芸術家は政治家じゃないのだから。私はそういう生活のモラルを氏から教えられた感じがした。

それなら氏が人当りのわるい傲岸な人かというと、内心は王者をも拉《ひし》ぐ気位を持っていたろうが、終生、下町風の腰の低さを持っていた人であった。初対面の人には、ずっと後輩でも、自分のほうから進み出て、「谷崎でございます」と深く頭を下げ、又、自分中心のテレビ番組に人に出てもらうときには、相手がいかに後輩でも、自分から直接電話をかけて丁重にたのんだ。秘書に電話をかけさせて出演を依頼するような失礼な真似は決してしなかった。

深沢七郎氏の本の出版記念会が日劇ミュージック・ホールでひらかれたとき、私は谷崎氏の隣席でショウを見ていた。ショウがおわって席を立った私のあとから、谷崎氏が、「お忘れ物」と云いながら、席に忘れた私のレインコートを持って来て下さったのには恐縮した。ふつうの世界なら、「おい君、忘れてるよ」と、私の肩でも叩いて注意してくれるのが関の山であろう。文士の世界では、どんなヒヨッコでも一応、表向きは一国一城の主として扱え、という生活上のモラルも、私がこうして氏から教わったものであった。

そんなに深いお附合はなかったが、私が氏から無言の裡に受けた教えは、このように数多い。

それというのも氏は大芸術家であると共に大生活人であり、芸術家としての矜持を守るために、あらゆる腰の低さと、あらゆる冷血の印象を怖れない人だったからだ。しかも荷風のあまりに正直な冷笑的な生き方に比べて、氏の生き方は概括的に云って円い印象を与え、しかも遠くから見ると、鬱然として巨大に見えた。氏は世俗の目の遠近法をよく知っていたのである。

氏は十九世紀に生れながら、むしろ十八世紀人としての器量を持っていたと、つねづね私は考えている。その文学の本質は、十九世紀の小説の概念だけではつかまえにくいのである。

氏が青年のころにとらわれた憂鬱症や世紀末趣味は、皮相な流行の影響であって、いかなる意味でも、氏は貧血質や、書斎派のニヒリズムからは遠かった。氏の心を占めていたニヒリズムはもっと自然な、肉の厚いもので、いわば満腹感のニヒリズムであった。

身も蓋もない考えというのが、老荘思想の影響からか、日本では妙にもてはやされるが、氏は一見装飾派様式派で、琳派の芸術の一種のようにも見えながら、その実、氏ほどその作品を通じて、身も蓋もないことを言いつづけた人はない、というのが私の考えである。

それはいわば周到な礼譲に包まれた無礼な心という点で、氏の生活と照応しているが、晩年の不気味な傑作「瘋癲老人日記」にいたるまで、氏は、人間精神が官能に必ず屈服する、という一つの定理をしか語っていない。それは自然主義とは又ちがうのであって、「少将滋幹の母」などにあらわれている母へのあこがれの主題が、氏の一生をつらぬいた抒情であるとするならば、氏はこのような抒情の根源を、幼年時の恐怖、それへの屈服、敗北、敗北によるあでやかな芸術的開花、というふうに、分析し、探究する。

初期の「刺青」は、その意味で、実に象徴的な作品である。

周知のごとく、それは刺青師が、もっとも美しいと思う女の背中に刺青を彫り、女は苦痛に屈服したように見えるが、彫り上った朝、朝日をうけて燦爛としたその背中は、刺青師をすらひざまずかせるほど、勝利にかがやいているという物語である。

それはまず美へのあこがれからはじまる。刺青師は氏の抒情を担っている。鋭い刃による制作がはじまる。氏の苛酷な芸術家精神と批評精神がそこにこもっている。彫り上る。そこで突然、価値の顚倒が起る。芸術品と化した女体は、おそるべき勝利の女神になり、もう刺青師の意志の操り人形ではなくなってしまい、やがて刺青師を足下に踏みにじるべき怖ろしい存在の予感をひびかせている。そこに彼は、幼年期への恐怖を再び見出す。彼はひざまずく。ひざまずくことのなかに恍惚がある。安心がある。彼は自分の作ったものの前にしか決してひざまずかないことを自分で知っているからである。その敗北、その拝跪によって、はじめて彼は幼年期の恐怖から自由になり、性の根源に対して、「母」へのあこがれの抒情を寄せることもできるのである。

いささか図式的だが、この構図は、氏のほとんどの作品にあてはまるように思う。「痴人の愛」のナオミは、新しい女の風俗的典型のように読み誤られたが、実は純然たる氏の頭脳の所産であった。

作家というものは、複雑精妙な機械装置を持つ必要はない。石でも木でも刻める、一本の強力なノミを持てばよい。それは職人芸などという考えとは別物で、言葉の芸術では、言葉に一つの強力な統制原理を与えることが何よりも必要なのである。

谷崎氏ほどそれを徹底的にやった作家は稀であり、女体を彫ることに集中された言葉や文体は、それ自体次第に、女体そのもののような曲線美や丸みを帯びていた。そこまで行ったものだけが作家の「思想」と呼ぶにふさわしく、谷崎氏は思想的な作家だったと云って、少しもまちがいではない。

しかし晩年の「鍵」や「瘋癲老人日記」では、ついに氏の言葉や文体が、肉体をすら脱ぎ捨てて、裸の思想として露呈して来たように思われ、そこにあらわに示された氏の人間認識の苛酷さも、極点に達していた。

氏の死によって、日本文学は確実に一時代を終った。氏の二十歳から今日までの六十年間は、後世、「谷崎朝文学」として概括されても、ふしぎはないと思われる。

（『サンデー毎日』昭和四十年八月十五日号）

大谷崎の芸術

舟橋聖一
三島由紀夫

町人文化の文壇的評価

舟橋　世間では大《だい》谷崎というけど、あれはどうですか。大《おお》谷崎じゃない？

三島　僕はある評論で、大《だい》谷崎と読んじゃいけない、それは大《おお》谷崎だと書いたんです。とにかく近松の場合は大《おお》近松ですからね。それに、大《だい》という漢語読みの作家じゃない。いかにも大《おお》谷崎という感じ。

舟橋　大々的とは言うけれどもね。やっぱり大《おお》谷崎だろうな。大《おお》成駒というように……。

三島　僕は谷崎さんが亡くなったあと、ずっと世間を見ていて慨嘆したことがあるんです。これだけの作家が亡くなれば、国家が弔旗をかかげてもいいし、国民が全部黙禱してもいいんじゃないかと思いますがね。とにかく世間の言いかたは、大往生、幸福な死に方だったというだけでね。谷崎さん、もちろん生きることを楽しまれたには違いないけれども、仕事にはほんとうに苦しみを続けてやられた。その一生の成果が国民的な哀悼という形で迎えられないというのは、ちょっと僕は慨嘆にたえない。自分が谷崎さんの亡くなられたあと書いた文章なんかは、むしろ刺激的なことを書いて、世間が、何だ失礼じゃないか、谷崎さんはもっと偉大であって、もっと立派だという反応が出てくるかと思ったのだが、それも出ない。それなりけりでしょう。

舟橋 それに同感ですね。世間には何か谷崎文学の評価において、われわれと違うものをもった考え方の人がいると思うんだな。このズレは大きいな。

三島 僕はジャーナリズム全般にそういう傾向があるんじゃないかと思うんですよ。ある意味では、谷崎さんというのは文学専一でほかのことなんにもないですよね。文学専一だとどうも国民的な作家にならない。そして何か国家のモラルを支援した吉川英治さん、そういうような人の場合は、モラルの点で何か国民的作家であるかのごとく思われる。谷崎さんの場合、ほんとうにモラルとか何とかいうことを別にして、文学、日本の近代文化の最も花の中の花ですからね。そういうものはみんな、直接的にはどう評価していいかわからないんじゃないですか。

舟橋 日本という国家が谷崎さんのような作家を遇する道を扱いかねているわけですよ。明治以来、画家のほうは、わりあいに好遇を受けてきたわけです。文士が国家的表彰のようなたぐいのものを受けるということは、だいたい菊池寛以後ぐらいでね。その前は全然、文士というものは認められなかったわけです。これがまだ尾を引いていてね、こんどの場合なんかに、谷崎文学がやっぱりわからない。国家官憲はわからないというところだな。
三島　僕もそう思いますね。あまりにも文学そのものをつきつけられると、それを尊敬していいのか、どうしていいのかわからなくなっちゃう。何か俗人と引っかかりがないとね。それは谷崎さんだって俗的な要素がないわけじゃないけれども、やはり芸術というものですからね。イタリアなんかで、むかし、ダヌンチオが晩年でえらくなったころは、ダヌンチオが宮廷に呼ばれると、儀仗兵がついたんですからね。ダヌンチオが国会をちょっとのぞいてみようというと、国会にダヌンチオの席があって、みんな起立して迎えた。それがほんとうの国民的詩人というものですよね……。谷崎さんはそのぐらいの人だと思うんだけれども。かえって、アメリカのアカデミーなんかから名誉会員にされちゃったでしょう。
舟橋　そう。「鍵」が問題になったときに、神楽坂の待合でね、旦那衆が芸者にすすめられて、読みましたか、読みましたかといわれて、じゃ早く買ってこい、と本屋に女中を走らせて買った、つまり「鍵」なんていうものはそういう類の小説である、ということを文壇の有力者が言ったわけですよ。そのときわれわれは問題にしたけどね、その考え方が、やっぱりまだ残っているんじゃないかね。「鍵」なんかに対する一般的な、あるいは国家的な評価が、日本としてはないわけですよ。

三島 ないですね。

舟橋 外国のほうでかえって評価してくれているわけなんだな。

三島 「鍵」の批評はみんな変でしたね。

舟橋 そうですね。だいたい谷崎文学は、戦争前にはほとんどだれも文壇では批評しなかったわけですよ。「刺青《しせい》」やなんか別ですよ。「痴人の愛」ぐらいまではまだ。「細雪」あたりのころも、まだ文壇人はほとんど言わない。それで辰野隆《ゆたか》氏だけが一人で、「細雪」をほめていたわけですからね。

三島 あの当時、なんかひどい批評が出ましたね、左翼から。谷崎さん、とうとう答えなかったですがね。

舟橋 「細雪」を当時の国家が発売禁止にしたわけですからね。そういうことから、谷崎さんの前科性というものがいろいろ蓄積されていてね、それがこういうときに、総合的評価を狂わしてくるわけですね。それが実に残念だと思いますね。

三島 もう一つ考えられる理由は、谷崎さんが町人文化の上の人だということでしょうね。僕たち、鷗外に対していつもあこがれを感じるのは、さむらい文化の成果だから。それで、ああいうものにわれわれちょっとよわいところがあって、谷崎さんはそういう要素が全然ないという点じゃ、実に徹底していますからね。志賀直哉さんには、やっぱりさむらいの血筋がありますけれども、谷崎さんには全然さむらい的なところがない。しかし、まあ町人文化でも大近松になり西鶴になるので、ああいう流れの日本の文豪というものは、いつもそういう目に会うんですね。

舟橋　尾崎紅葉もですね。

三島　そうです、紅葉もそうです。

舟橋　紅葉のおとうさんが幇間だった。それが紅葉とすれば非常にはずかしいことでね。紅葉がすもうに行かなかったのは、おやじが赤い羽織を着て桟敷に現われやしないかというコンプレックスから、すもうへは行かないという。鏡花にもやっぱりそういうコンプレックスがある。それが、谷崎先生の場合でも、そういう町人文学的要素がやっぱりあるからね。国家からいうと、そういうものを何となく敬して遠ざけちゃうんだね。

三島　国家のみならず、文壇がそうですね。鏡花に対する尊敬が、どっか欠けた感じがある。僕は明治以来の天才という点じゃ、鏡花が、ほとんど天才という名に値するごく少ない作家の一人だと思うけれども、やっぱりどっか、尊敬していいのかという感じがある。紅葉、鏡花、谷崎とくるんですよね、どうしても。荷風は批評家としての側面はさむらい的ですからね。あれはほんとうの御家人くずれでしょう。しかし、いまだに、政府やなんかの考えることはどうでもいいけれども、文壇でも、純町人文化というものに偏見もありますね。

舟橋 やっぱり紅葉山脈というものね。つまり(山東)京伝から流れてきているやつ。京伝、(為永)春水の流れが紅葉山脈になって、そして、お弟子の鏡花というところに行くわけですね。この線に対する文壇認識が、最近非常に違っちゃった。違ったのか間違っちゃったのか、僕から言えば間違っちゃったといっていいんだな。

三島 妙な形で、日本はやっぱりさむらい文化が生きながらえているところですね。

舟橋 モラルというのは、だいたいさむらいのモラルだからね。

三島 それで、さむらいのほうがセンチメンタルなんです。町人は、センチメンタリズムはある意味で全然ない。谷崎さんぐらいセンチメンタリズムのなかった人というのは、珍しいと思うんです。

舟橋 それは珍しいですね。僕は長いこと、谷崎さんとつき合ったが、一度も引きとめられたことがないんだ。僕がさようならと言えば、必ずさようならなんだ(笑)。それは絶対、引きとめてくれなかったよ。それについては恨んでいたけどね、少し(笑)。つまりそれくらい、センチがないわけなんだ。つまり僕は、先生の小説を愛読するとともに、その人間に男惚れもしていたので、実は鮑の貝の片思いではないかと、内心恐れていましたが、最後の「七十九歳の春」で、誠心天に通じていたことがわかって、今は満足しております。

六代目びいきと上方好き

三島　僕は舟橋さんにきょううかがいたいと思っていたことは、僕なんか文壇以外のただの一学生として谷崎文学に親しんできた感じですが、舟橋さんはずっと谷崎さんの文学を、文壇人としてどう見てきたか。たとえば「春琴抄」が出たときに評価はどうだったとか、世間の反応が実際どうだったのか、ということを順を追ってうかがいたいですね。ずっとごらんになっていらしたから。

舟橋　でも、僕は初期のことは知らないんです。「刺青」のころはね。そのころはかなり文壇的で、佐藤（春夫）さんとの交友の面から見ても、文壇的だと思うんですけどね。まあ「蓼《たで》喰ふ虫」以後ですね。かなり変ったわけですよ。それで、客ぎらい、人ぎらいと言いだした。その上、前の奥さんとの離婚があって、そのゴシップやなんかに対する顔負けから、極度に隠遁的になったわけですね。やっぱり町人文学のほかに、一つの隠者的要素もあったわけですよ。だけど「春琴抄」のときは、さすがに正宗白鳥をして、後世のものがこれに口をさしはさむべからず、という傑作だと、彼には珍しく、つまり批評家としてお手上げだということを言ったわけなんだね。そのころから、やっぱり文壇もこれを黙殺できない。それまで、やっぱりできれば黙殺したかったわけですよ。

三島　「盲目物語」「蘆刈」「吉野葛」、あのへんはどうでした。僕「吉野葛」いちばん好きなんですけどね。

舟橋　「吉野葛」のときは、文壇の後輩からも、傑作だと言いだしたわけですよ。しかし、さっきも言ったように、そのうちにまた官憲の弾圧があって、そして「細雪」が発売禁止ということがあったために、ずいぶんそのへんからは、まあ負け惜しみの強い方だったけれども、苦労されたと思いますね。あの戦争は。

三島　しかし、ご馳走はずいぶん食べていた。(笑)

舟橋　ご馳走は一所懸命、つまりさがして歩いたわけですね。買出しをやってね。僕はよく一緒に牛肉をさがしたものですけれどもね、ある日、谷崎先生にいただいた牛肉がイルカだったわけですよ。これをたまには牛肉だと思って食べないとほんとの牛肉は入らない。そういう犠牲があってはじめて、出血があってはじめて幸福がくるんだと教わったわけですよ。

　僕はいちばん先に、不思議なところで会ったんですがね。そのころ先生は人ぎらいといわれていたので、僕は警戒したんですよ、汽車の中で。ちょうどその朝、僕の小説が「都新聞」でほめられていたんですね、上司《かみつかさ》小剣氏の月評で。それは僕は知っていたんですけれどね。汽車に乗ったら、谷崎先生がいたんです。伊香保に行く途中なんです。そして、通路を向こうから戻ってこられてね、僕の前で新聞を出して、「舟橋君、ここに出てますよ」――。

これが初対面でした。人ぎらいとか何とかいうけれども、やっぱり若いものの文学は気になっていたんだなと思って。で、感謝したんですけどね、それが始まりなんですよ。

三島　読んでないようで、ずいぶん読んでいらしたらしいですね。

舟橋　ええ、読まない読まないと言っているけれども。それは現に亡くなられる五、六年前、つまり発作が起ってからは、たしかに目も不自由だったらしいし、読まなかったでしょうね。佐藤春夫さんのものなんかも読んでいたんじゃないかと思いますね。

三島　おそらく読んでいたでしょうね。あの佐藤さんが亡くなられたときの追悼というか、あの文章はすごかったですね。全く、ちょっと恐ろしいような文章でした。

舟橋　あなたの「朝日新聞」に書いた谷崎さん追悼の文章、あれはよかったですよ。あれはそれこそすごかった。(笑)

三島　僕の谷崎さんとの因縁というのは、全く個人的な交際はなかったわけです。お宅へうかがったことは、ついになかったし、ただ文学的なあれでね。まあ会やなんかでお目にかかるときはありましたけれども、ほとんど谷崎さんとお話をしたことないんです。

舟橋　つまり文学青年のくずれみたいなのが行って、文学論をふっかけて時間を費されるのが閉口なんでね。われわれが行けば、ほんとうは文学のお話だってなさったと思うんですけどね。僕なんか、谷崎さんとは、主にやっぱり芝居の話でしたね。芝居の話なら、僕が立たなければいつまでも話している。たいへんお好きでしたね。

三島　ただ谷崎さんは、芝居でも六代目菊五郎ファンで、ご自分も若いときちょっと似ておられるところがあったからでしょうが、ああいう芸、お好きなんでしょうね。それで、あとは生活全般は上方がお好きでしょう。役者は上方芸というの全然おきらいだったんですね。

舟橋　先生が六代目を好きだったことは、はじめて東をどりが「少将滋幹の母」を舞踊化したとき、先生は六代目の「船弁慶」の前ジテの静《しずか》の衣裳がほしいと言い出されたので、僕は早速新橋の菊村に掛合い、それではと言うので、六代目未亡人（料亭三島）から注文の衣裳をもらいうけ、これを熱海へ届けたところ、中啓《ちゅうけい》が足りないのと、箱書がほしいとのことで、箱書は梅幸に書いてもらいました。そういうところから見ても、先生は六代目が好きだったと思います。それから「瘋癲老人」の最初に出てくる訥升《とっしょう》が、だいぶ好きだったんですね。

三島　あれに女形《おやま》のことなんか出てきますが、谷崎さんの若いころというのは、ふつうの女性美と女形美との差が、そんなになかったんでしょうね。僕たちの子どもの時代から、そんなものは完全に分れちゃいましたね。

舟橋　しかし、これでね、僕なんかも私淑して、尊敬おくあたわずだけれども、谷崎先生のお好きな女優とか役者とかに、直ちにこちらも同意しろといわれても、これだけはできないな。これはどうもできないね。(笑)

三島　女の話、よくなさいましたか。

舟橋　ええ、ずいぶん。女の話でも、猥談ではなくね。

三島　猥談はなさらない?

舟橋　猥談はそんなにはなさらない。それはやっぱり僕なんかは年下ですから、気の許せないところがあるのか、あまりおっしゃらないわけ。

日本に珍しい思想小説

三島　まあ谷崎さんの芸術的精進というのは「盲目物語」二百枚ほどのものを、百日かけて高野山にこもって書いた、と自分で書いておられますね。しかし、谷崎さんの彫琢の仕方というのは、志賀さんだとか、ああいう日本の私小説的な作家の彫琢とは全然違うようですね。文章を見るとそういう感じがするんです。ほとんど、削って削って削りぬいたという彫琢じゃありませんね。「春琴抄」でも、読んでみますと、何かなめらかな調子に乗って出てくる文章が、ずいぶんあるような気がする。あの彫琢というのは、「盲目物語」でどんなふうに文体をつくっていかれたのか、非常に興味あるんですよ。

舟橋　「盲目」は「浅井三代記」、あれを種本にしているんですがね、「浅井三代記」と「盲目物語」との間にどのくらいフィクションがあるかと思って、両方対照して読んでみたけど、案外ないんですね。僕だったら、もっと思い切ってフィクションにすると思うんだけどね。先生、わりあいにそういう歴史を作品に定着させるんですよ、あれなんか、もっと奔放に書いたほうがいいと思うんだけどね。そこにいくと「春琴」のほうは「鵙屋《もずや》春琴伝」という小さな冊子をもとにして、フィクションでこしらえていますね。「少将滋幹」も、一つだけ滋幹の日記というのが、あれはフィクションなんですね、それがうまく書けていて、なめらかに作品の中にのめりこんでいるわけですよ。

三島　「猫と庄造と二人のをんな」というの、不思議な作品ですね、あれだけちょっと孤立していて。非常によく書けていますね。あれも文章表現としては、ほとんどどとらえどころのない、ほんの日常茶飯のことをだらだら書いていながら、実に感覚的に豊かな感じがして、それで一句一句見てみると、そんなに感覚的描写ばかりかというと、そうでもないんですよね。非常に豊富な作品だな。

舟橋　僕は、「蓼喰ふ虫」の前は、「愛なき人々」とか「愛すればこそ」「お国と五平」といったようなものにちょっと引かれていて、そっちの谷崎さんのほうへずっといったんですよね、一ぺん。だから、役者とつきあっている谷崎さん、自分で台本を書いた谷崎さんに傾倒した時代もある。先代守田勘弥と寿三郎ですか、初演は。あれの「お国と五平」なんか感心しちゃったね。どうも長ゼリフだけれども、よく勘弥も覚えたけれども、「お国と五平」の初演なんかにちょっと感激しちゃったわけだな。そのうちに「蓼喰ふ虫」ですっかり小説家としての軌道に戻られたと思うんですけどね。

三島　僕、谷崎さんの小説でいちばん好きなのは、「恋を知る頃」ですね。子どもが女中にほれて、その女中に情夫がいて、子どもが殺されちゃう話ね。あれが芝居としてのコンストラクションがいちばんよくできている。読んでいちばんショッキングでおもしろいのは、「恐怖時代」ですね。しかし舞台にのせると非常にむずかしい芝居ですね。ことに序幕なんかの長さときたら。

舟橋　「鮫人《こうじん》」というのがありますね。あれは未完なんだけれども、「鮫人」が出たときは、つばを飲んで読んだですね。だけど、あまり期待したほどじゃないわけです。

三島　あのころまでの文章は夾雑物が多いですね、非常に。それから一時、谷崎さんのスランプ時代というのは、「赤い屋根」とか、ああいう妙なものでしょうがね。とにかくほとんど芸術性が感じられない。そのかわり、変な肉感的なものはムンムンしていますね。だいたいスランプのときに肉感だけでもたしたというのは、ちょっとすごいと思う（笑）。ただ「蓼喰ふ虫」という作品は、そんなにみんなが言うほど好きでない。やっぱり前半の奥さんとの別れるか別れないかのごたごた、あのへんは非常に好きですがね。後半、文楽の話が出てきたり、お妾さんが出てきたりしてからはね、主題ないし思想、そういうものが露骨すぎて、それで、それを言うためにで小説を書いているような気がちょっとするんですがね。

舟橋　僕はあれ、思想小説だと思っているんですがね。どうも谷崎さんの小説に思想がないというのは、偏見だと思うんですよ。思想はありすぎるほどあるんです。ただ目的意識はないかもしれないけれども、ないとは言えないですね、パンセというものは。芸術家のパンセというのは、ああいう形で出るんじゃないですかね、「春琴抄」でも。

三島　それは非常に思想的ですが、ああいうものが思想だという考えが、日本人には非常に少なくて、思想というと左翼思想だと……。

舟橋　しかし、イデオロギーじゃないかもしれないけれどもね。パンセではあるわけだからね。

三島　この間サイデンステッカーさんが、谷崎さんが大阪に行く前だけでもし亡くなられていたとしたら、実に大した作家じゃなかった、というふうに言っていましたが、僕はそういう言い方はあまり意味はないと思いますね。やっぱり初期作品というのは、あらゆる可能性があの中にあって、「象」なんていう妙な戯曲もあれば、妙なものが一ぱいありますけれども、あの中のものはみんなあとで生きていますよ。「幇間」なんかもちょっと写実主義の小説のようですけれども、あの「幇間」のテーマというのは、「瘋癲老人日記」まである意味で生きている。「刺青」もやっぱり生きている。それぞれがみんな布石が生きているという気がしますね。ああいう初期作品のある作家というのは、それだけで大きいんですよ。初期作品がだいたい貧寒でテーマのまとまっている作家は、いくら年とったって、それだけですけれどもね。

舟橋　僕は谷崎さんて、一生格闘したと思うんですよ。

三島　やっぱり都会人で、羞恥心が強いから格闘なんていうところ、人に見せたくないし、それで、闘っているなんて、野暮な下品なことですから見せたくない。なるたけ負けたような顔して、そして非常に自己韜晦の成功した人だと思いますね。世間はわりあいすなおで、「そうですか。じゃ、あなた闘ってないんでしょう」ととるんだから、ばかですね。

伝統に立った偉大な建築物

舟橋　僕は先生が死んでから拝見した「にくまれ口」というの……。

三島　「婦人公論」に……。

舟橋　読んでね、ちょっとショックだったわけですよ。「源氏物語」の光源氏が、いろいろな女を、うそついてくどいたりするというので、了解できない、というわけですがね。僕はああいう多情はわかるんですが、どうしてその多情が急に先生によって否定されなければならないか。それはやっぱり亡くなられる前だったので、多少、いままでの持続された精神のようなものが、何か歯車がこわれてああいう表現になっちゃったんじゃないかと思うんですがね。それにしても「にくまれ口」を書いたということについては、遠慮なく言うと、疑問符がありますね。つまり悪魔主義とか何とかいわれてきた、いままでの谷崎先生だったならば、光源氏が悪魔的であるのは当り前。光源氏の悪意というものがわかってもいいと思うんですよ。善意なんていうものじゃないわけです。末摘花《すえつむはな》には末摘花の個性があるし、花散里には花散里があってね、空蟬《うつせみ》には空蟬があって、明石上……みんな個性違うから愛したんじゃないかしら、僕はみんな違うと思いますよ、個性が。どんな女でも一人一人違うと思うんですよ。それに触れていけばね、どうしてもそれを愛してしまう。

それは近代の一夫一婦の倫理、及びモラルというものにあてはめるわけにはいかないわけだな。……それは近代のモラル、夫婦生活、家族制度すべてにわたる問題だから、別の機会にゆずりましょう。

三島　ただ性欲というものを、谷崎さんは若いときは野ばなしだったと思うんです。そういうものが作品のテーマに強く出すぎて、それが作品の調和をこわしたりしていたんだけれども、中年以後、何かかんかで、性欲対何というドラマが少しずつ成立していた。「蓼喰ふ虫」あたりから、だんだんそういうふうになってきている。「少将滋幹の母」ぐらいでは、それがはっきり宗教とまでもいえないまでも、性欲対「生存の恐怖」というようなものがはっきり出ている。それが、「鍵」でも「瘋癲老人」でも、あれだけ性欲が輝くというか、深く追求されたというのは、対立物が谷崎さんの中に意識されてきたからだと思うんですよ。「少将滋幹の母」のころの谷崎さんは、自分が時平公《しへい》に扮していることができたんですね。しかし、あれから以後、もう谷崎さんは時平公に扮することはできないでしょうな、おそらく。

舟橋　同時に、あれはひそかに国経にもなっているんですよ。だから、二つの分裂した自分がね、国経と時平と両方に出てくる。

三島　僕は、しかし谷崎さんを大谷崎というふうに偉大という観念で考えるとき、いつもつまずくのはね、ヨーロッパで十九世紀からあと偉大という言葉が使われるときには、必ず根底にヒューマニズムがあって、それでヒューマニズムの作家、ヒューマニズムの哲学者。それはどういうヒューマニズムでもいいんだけれども、そういうものに立脚したものでなければ偉大と呼ばないんですね。日本にもその影響があって、偉大なるシュバイツァーとか、偉大なる野口英世というとよくわかる。非常にわかりやすいヒューマニズムだから。だけど、偉大なる谷崎というときに、何を標準としていいか、これは西洋の標準じゃちょっとわからないと思うんですよ。谷崎さんの作品は、ほかの作家は比肩できないくらい、量的質的に高いけれども、それじゃ、偉大ということとそういうこと、どういう関係があるか。そこでみんなが戸惑うんじゃないかと思うんですよ。

舟橋　そうかもしれませんね。

三島　だけど、日本人というのは、何もヒューマニズムの哲学をもっているから偉大なんじゃなくて、日本語というものをあそこまで代表した作家なら、偉大じゃないか。ヒューマニズムなんて西洋の輸入物なんだから、少なくとも日本の文学伝統の上に立って、それをあそこまで、日本語のああいう美的な大構築物をつくったというだけでも、偉大なんじゃないか。そういう意味では、美術家や建築家の偉大と似ているんじゃないかと思うんですよね。

舟橋　国家が弔旗を出さない、あるいは勲一等を出さないというところにもね、谷崎文学におけるヒューマニズムの欠如があるんじゃないか、という心配が世間にはあるんだな。

三島　あるんですよ。それはみんな西洋かぶれなんですよ。いちばんみんなが判断に迷うのは、そこだろうと思うんですね。

舟橋　それでも、幸に七十九歳の春に、もう一ぺんたん熊のハモを食べ、辻留の鯛を食べられたということは、ほんとによかったですね。

（『中央公論』昭和四十年十月号）

川端康成

川端文学の美――冷艶

川端文学の美は、曰く言いがたし、というところにあります。それは目にはっきり映る、彫刻的な立体的な美ではありません。また宗達のような、明晰な装飾派の絵画美でもありません。「山の音」という小説の題がよく暗示しているように、音のする筈のない山が音を立てる、あいまい模糊とした、神秘的な、しかも神経と理智がきしみ合い、感覚と官能が刺し合うような、もののあやめのはっきりしない世界の、言いがたい魅惑的な美しさです。

日本の伝統の中では、氏の文学は、藤原定家の歌風にいちばんよく似ているかもしれません。それは――殊に後期の作品において定家のいわゆる「幽玄」の美に達しているのです。能楽では、幽玄と花はほとんど同義語です。もっとも暗いものともっとも花やかなものが同義語なのです。そこでは、少女のいかにも仕合せそうな清らかなほほえみと、死体の冷たい美しさが、同じ源に出ています。「冷艶《れいえん》」という言葉が川端文学を形容するに一番だと思われますが、ゆくりなくも、氏の代表作の名は「雪国」であります。

しかし氏の作風は、必ずしも、きびしい究理的な抑圧的な北方的作風ではありません。「イタリアの歌」という短篇にも見られるように、明るい南欧の生命の讃歌へのあこがれがあります。氏にとっては実に生へのあこがれと、死や氷の美しさとが、同じ場所にあるのです。その文学の美は、手に触れて温かく生動していると思うと、実はそれは禽獣《きんじゅう》であって、手に冷たく触れて死んでいるかと思うと、実はそれが生きている人間であったりする、怖ろしい奇術に充ちています。氏はさまざまなジャンルに筆を触れられましたけれども、少女小説にさえ凄い好色性が漲《みなぎ》り、もっとも難解な純文学作品にさえ、児女の情がやさしく放任されています。氏の生き方について私はいつも「無為にして化する」という言葉を思い浮べるのですが、美についてもそうです。

氏は美を愛しますが、美の実現のために策を弄したりはしません。美の創出のために徒らに己れに恃んだりはしません。美は「致し方なく」、いわばリラクタントに、氏の筆を通じて現出するのです。

にじみ出す美、墨がよく和紙になじんで美しくにじむような美、それを川端文学の美と呼んだらよいかもしれません。

（「毎日新聞」昭和四十四年四月二十四日夕刊）

生命の讃歌

全集にまとめて俄かに輝きを失う作家と、いよいよ輝きを増す作家とがあるが、川端康成氏は云うまでもなく後者の代表格の作家である。全集の第一巻から最終巻まで、清冽な一筋の流れ、あの「イタリアの歌」のような、明るくて哀切な一つの歌声が貫ぬいている。個々の作品には暗さがひそんでいても、全集を通読する読者は、川端文学の基調音が畢竟ひたむきな生命の讃歌であることを知るであろう。

（新潮社『川端康成全集』内容見本　昭和三十四年十一月）

「微細なるものの巨匠」

かつて私はニーチェに倣って、川端氏を「微細なるものの巨匠」と呼んだことがある。氏の尖鋭な感覚がとらえた美は、自然そのものが瞬時に示す媚態にあふれていて、透明な純粋世界の裡に、現実は虹のような変様を示す。この詩、この絶望、この古典の優美、この近代の嘆きは、一堂に会して今改めて読者の心魂を奪うであろう。

（新潮社『川端康成全集』内容見本　昭和四十四年一月）

川端康成論の一方法――「作品」について

川端康成論は体系をしりぞける天性をもっているらしい。しかも川端康成論がわれわれの上へ落ちて来るその落ちて来方は運命的だ。ここでは帰納も演繹も不可能だ。あてずっぽうが唯一の方法だ。籤を引くつもりで――蓋然性のもたらす躍動した正確さをたよりに――、書きはじめる他はない。

誤謬のほうが真実よりも完璧である場合がありうるように、人間の生き方も、正しく生きるということがもはや何物をも意味せず、生きる途上の無数の反則にのみ、生きる意味が宿っているようにみえる場合がある。しかしその反則の軌跡が見事に描かれて、かつて在った正しい生き方の完璧に誤まてる投影を形づくるまでには行っていない。真理がさまざまな反則のヴァリエイションで占われて迂遠な方法ほど尊ばれる現代では、それだけに「完璧な誤謬」は至る処で毛嫌いされている。完璧な誤謬の影に皆がおびえている。神も悪魔も主義をもたないのに、人間だけが主義をもたねばならぬ。イデオロギーをもたねばならぬ。単《ひと》えに完璧な誤謬が怖いからだ。

ところが誰あってこの世に、完璧な誤謬――この怖ろしい危険物――がのうのうと存在していることを知らないのである。何か？　芸術作品がそれだ。少くとも芸術作品の名に値いするものに歪みはありえず畸形はありえない。歪めたという行為が嘗てあったにしても、作品そのものは歪められない。どんなに人工的な奇矯な作品も原初の形をしている。なぜならそれは写されたものでも作られたものでもないからだ。作品としてしか存在の仕方をしらずに存在しはじめたものだからだ。ここに完璧な誤謬がはじまる。ついには、空を移る雲の一つが奇妙な形に歪められているのを見ても笑わない一般人の無表情・無関心を芸術作品に対しても要求するようになる。一般人のもつケチな反則に絶望せよと要求する。自然の前に無関心であるごとく、完璧な誤謬の前に絶望せよと要求する。芸術作品は反則をこえた反則であり、しかも真理の反対側に位するものである。

なぜこういう危険物の存在がゆるされているのか？　誰も作品というものの形態と内容を見ることがあっても、その存在をたえて見ないからである。享受者との間の媒介を享受者自身が掛持つ悪習慣に狎れているからである。作品と馴れ合いになり、自分の存在と作品の存在とが対等のものであることを忘れてしまう。自己という仮定された実在と、作品という決定された実在との距離を瞬く間に見失ってしまう。あらゆる芸術作品は仮定された実在の鏡でなければならぬかの如くである。

しかし途方もない逆様事が極く稀におこる。芸術家より先に作品が生れてしまうのだ。芸術家があとから追いつくまで作品は一人歩きをせねばならなかった。生きることを誤って強いられた作品、それがしかも完璧な誤謬であった場合、人々は最もこれを怖れねばならぬ筈なのに、(なぜなら無数の仮定された実在の間に、只一人決定された実在が誤って生み落されたのであるから)、却ってこの二重の誤謬によって錯覚をおこして安心してしまった。この一人物が生れながらに強いられた存在の仕方は理解されなかった。こうして外からは不可能ゆえに、内からは不要ゆえに、すでに理解というものと無縁な形で川端康成なる人物、というよりむしろ川端康成なる作品が誕生して来た。

彼はもっとも無自覚な作業からはじめた。「十六歳の日記」がそれだ。これは作品としてこの世に生れたものが、苦しげに生み出した実在の最初の記念だ。作品の目がいわゆる「人生」を見ているのだ。決定された実在が、あがきがとれぬかのようでいて数倍あっけらかんとした始末に負えぬ仮定された実在を見ているのだ。彼は忠実に写した。この行為は今では象徴的な味わいを以て想起される。細大もらさず逐語的に写された「人生」、それがこの作品の目に、彼自身の決定された存在の仕方が自ら立ってその範となるべき最初の対象として映っていた。人生の在り方を知ったのではなくて、人生をして作品の在り方を知らしめた最初の営為だ。その瞬間に彼は無自覚ということの傲慢さをはじめて見たのだ。ただ見ることが残酷な行為となりうることをも知ったのだ。十六歳の少年はしばしば涙を流している。涙を流したと書くこと、それはむしろ流す前から書かれていたことに他ならなかった。写す前に写されたものがある、書く前に書かれたものがある。なぜその上に書かねばならないのか。それは決して解説の義務ではなかった。書かれた作品としてこの世に生れて、彼は負債《おいめ》を果たさねばならぬであろう。罪に最もよく似た負債である。生れる前に彼は何かおびただしい浪費をしたらしい。——彼自身に関する限り書かれるべきものは誕生と共にすべて終っていた。彼は書かれるべき何物も持たずに、通例云うところの肉体ももたずに生れて来た。今や残っている負債は書くことだ。作者が書くのでなく作品が書くのだ。いわば彼は、ゲエテの生涯が終ったところから書きはじめたのである。

私の文壇生活は多くの友人たちの友情に飾られて終始幸福であったと彼は嘗て書いている。書いているのだ。幸福であったとは彼の思考だったであろうか。それはあながち皮肉な意地の悪い詮索ではない。ただ川端康成の場合、こういう質問がはじめからゆるされていないのだ。もしそうでなかったらという仮定の存在する余地がないのだ。いかなる私小説作家・告白作家も及ばぬ、殆ど理不尽なくらいの「作品」の信憑力がここに在る。彼が

「私は人を殺した」と書くならば、それを信ずることは最も美しい善意であろう。彼を黙って絞首台へ導くことは更に美しい理会であろう。

作家はこういう一点に無理無体な信憑力を持たずしてどこにそれを持とう。しかしそれにしても、私は彼の青年時代の不幸をあからさまに信ずる。青年をして狂おしくもどかしげに拙劣に自己を語らせようとするあの熱い固まりが咽喉元につきあげてくるのを彼とても人一倍烈しく感じながら、それが口を出ると悉く見事に結晶してしまっているのを見たのだ。彼は無傷のおそろしい無礙《むげ》のなかでころげまわったことがあるにちがいない。未だに彼は自己を語らない能力を買いかぶられている。この笑うべき誤解がつづくかぎり、彼の秘かな激甚な青春も失われることはないであろう。

思えば途方もない悲劇なのだ。作品がその周囲に川端康成という実在をふりまいた。いかにも仮定の健やかな実在としてそれが見えている。しかしそれが既に逆様事である。彼の生活に存する「仮定された」要素には、一つとして書かれるべきものは存在しない。既に書かれてしまったもの、この世に生を承ける前に書かれてしまったもの、決定性を一度とおりぬけてもはや用済になって再び仮定のなかに身を横たえたもの（さまざまの可能をはらんだ躍動せる仮定ではなくて「生活」という言葉が絶望的に意味するような本質的な仮定のなかに）が存在するのみである。彼の生活は無為で無力で抽象化されて、もはや素材となるに耐えない。それは「作品」の生活だからである。古代のすぐれた香炉を見るときに、その存在の仕方が奇異にロマンチックに感じられるのは、それが農家の棚の隅に埃にまみれて放置されていたり、焼土のなかから辛うじて発掘されたりした場合のみであって、凡《すべ》て人間の閲《けみ》する波瀾や冒険の比喩として美術品の来歴が物語られるにすぎぬ。それが蒙塵《もうじん》する皇帝の手に在った時も、密輸商人の懐に移された時も、香炉自身の存在がいかなる外面の波瀾ともかかわりなく営みつづけていた生活についてはかえりみられない。その生活とは香炉がこの地上の空間にそれ自身の体積と質量を常に占めえたということを以て十分である。なぜなら生活とは外面からの要請に他ならず、外面との絶縁はもとより外面の存在を前提するからだ。——しかし川端康成のように作品が一人物に体現された特殊な場合、人は普通人同志がそうである如く、いやでも彼の生活に関心をもたずにはいられない。それのみならず彼の作品に対すると同じ興味同じ批判同じ要求を彼の生活に対して抱きかねない。彼の生活、それは出生以前すでに作品が巣立って行った空巣にすぎないことは気附かずに。

それにしてもそういう生活が喜ばしいものでないことも亦当然だ。書かれた作品より更に架空な作品である生活、素材となる可能性をはじめから持ち得ない生活、なるほどそれは彼のような存在がこの世に生きてゆく上に強いられた必然の形式ではあったが、ついに外界への手蔓・外界への足場としての意味をもつことはない。彼の生活は港だ。そこを出入する船や水夫たちは港を見ない。彼等が見るものはただ陸であり海である。そして港が見るものはといえば、出てゆく船が可能のなかに幾度か傷つき、破れた帆は張りかえられて又しても高々と風をはらみ、かくて無限にくりかえされる不可解な生の慌しさのみである。畢《つい》に港は港自身を見ることができるだけである。

再び彼の青年時代を考えると、そこを見事に生き抜いた彼に私は脱帽する。青年が書くということ、それは何か危険なことに思われる。行動というにふさわしく、営為とよぶにはふさわしくない。蚕が糸を吐き繭を製《つく》るように仕事をすることを人が学ぶのは、多く青年期をすぎてのちであろう。自己をめぐる無数の仮定的な実在（勿論自己の内面も含めて）を作品という決定的な実在に変容させる試みが芸術であるとすれば、それに先立ってまず、自我の分裂が必要とされる。即ち書く自我と書かれる自我と。作品の形成はこの書く自我と書かれる自我との闘争に他ならぬ。しかも書く自我の確立に伴って、書かれる自我は整理され再編成されるのである。青年の仕事はこの分裂の過程を写すものであるだけに、一生のうちで一番困難な仕事だと思われる。書く自我が確立される前に、書く自我と書かれる自我との分裂を書かねばならないのだから。彼はどこに立って書くべきであろうか。もしかしたら、何かまやかしを演ずるか、それとも書かないでいるか、この二つ以外に道はないのではなかろうか。この二つ以外にも道はないではあるまい。しかし危険な方法である。綱渡りに類した方法だ。それは書かれる自我を書く自我が模倣し、一種無自覚な状態で書く方法だ。書く自我自身が、書かれることを夢みて書くのだ。

川端康成はそうする危険をとおらないですんだ稀有な作家であった。そこに同時に彼の不幸があった。自我を書かれるものとして夢みる幸福は、彼にははじめから許されていなかった。危険というものがもつ粗雑な幸福感に終始無縁であったこの青年の作品を、世人が危険な才能だと見あやまっていたことは笑止である。――しかし書かれる存在としての危険な幸福は、青年のあらゆる負目がそれによって救われる青春の特権でなければならぬ。

「純粋の声」という文章のなかで彼はこう書いている。

「あらゆる芸術に於て、処女は歌われるものであって、自ら歌えぬものである」

「現に舞踊ほど処女の美を直接に尊ぶ芸術はないであろう。けれども舞踊でもまた、少女や処女は物足らぬ舞姫に止《とどま》ることが多い。ここに舞姫の矛盾が横たわり、苦悩も根を下ろしているであろう。それはとにかくとして、『純粋の声』があり、『純粋の肉体』があるなら、『純粋の精神』というものもあるはずである。それは無論、古往今来文学に讃美の的とされて尽きないが、少女や若い娘自らに、傑《すぐ》れた作家が殆ど絶無であることを思えば、女性のみならず、われわれ男性も残念なことである。女学生は詩人としても、散文家としても、小学の女児に劣るのはなぜであるか。少女の『純粋の声』の歌、少女の『純粋の肉体』の踊、このような美しさは、文学では先ず見られないのである」

これが彼の答だ。ここにはくさぐさの比喩がある。完璧な誤謬を通ることなしには真理と対峙しえぬという芸術の秘義も亦ここに語られている。お伽噺のなかで犬が歌い茶碗が物語り草木や花が物を言うように、芸術とは物言わぬものをして物言わしめる腹話術に他ならぬ。この意味でまた、芸術とは比喩であるのである。物言わんとして物言いうるものは物言わしておけばよい。そこへ芸術は手を出すに及ばぬ。それはそもそも芸術の領分ではなく、神が掌《つかさど》る所与の世界の相《すがた》であるから。——しかし処女は物言わぬ。一凡人の平坦な生涯は物言わぬ。そこに宿った平凡な幸福は物言わぬ。ありふれた幸福な夫婦生活は物言わぬ。ありふれた恋人同志は物言わぬ。要するに類型それ自体は決して物言わない。すぐれた芸術は類型それ自体をえがかずして、しかもその背後にはもっともあり来《きた》りの凡々たる類型が物言わしめられていることを注意すべきだ。幸福は類型的なるものの代表である。それゆえにこそわれわれは過去の芸術のなかに、喜劇と比べて量に於ても質に於てもはるかにすぐれた悲劇を持っている。してみればロマンティスムの象徴せんとするものは生れ生き恋し結婚し子をもうけ凡々たるノルマルな生活それ自体に他ならないかもしれない。——物言わぬものをして物言わしめる意慾は、自ら物言わぬものとなっては果されぬ。物言わぬもの、それが作品の素材である。川端康成の生活にはこの素材の部分が全く欠如している。書かれる自我はない。彼の書く手の周囲、彼の書く存在の周囲に、物言わぬもの、即ち処女や恋人同志や夫婦や、踊子たちがむらがった。彼らはやさしい媚《こ》びるような目でこの詩人的作家を見つめている。彼らは処女が「自ら歌えぬ」存在であることを誰よりも切なく知悉しているこの不幸な作家をみつめている。その限りで、彼らはお伽噺のなかの犬や茶碗に等しい。処女たちは、踊子たちは禽獣《きんじゅう》であった。ここに川端康成の孤独がはじまる。自己の中に存する物言わぬもの（即ち書かれるもの）と、外界の物言わぬものたちとの、共感や友愛やはたまた馴れ合いや共謀やは、彼の場合はじめからありえぬことだった。

くりかえしていうように、青年の危険な作業は、あたうかぎり無自覚な状態で、自己及び外界の仮定された実在を、作品という決定された実在へ結晶させる仕事である。それを私は営為とよばずに行動とよんだ。だが川端康成の如き営為は、決定された実在（即ち川端康成という作品）が仮定された実在をば、蝶が長い嘴《くちばし》をさし入れて花の蜜を吸うように吸い入れる吸引作用だ。一方的行為でありながら、自然の営為だ。彼の作品の人工をこえた異様な複雑さ、その複雑さに自然の風景に似た秩序があること、この秩序こそ最も人為から遠いものであること、を思い合わせるがよい。作品が作品を書く。そのとき彼という存在は作品に対して無言の規範であり法則である。作品と作品とが出会うのだ。彼の内と外から歩みのぼって。

こうした営為に自然それ自らがもつような危険、氷山・瀑布・雪崩の危険が潜在するのは言わずと知れたことである。さっき私は危険をしらぬ作家と書いた。それは危険物（完璧な誤謬）自体が危険をしらぬという意味であった。「作品」の生活に危険はない、従ってまた危険の幸福はありえぬと言ったのだ。古代の香炉をダイナマイトと考えてみよう。香炉自体が灰燼に帰する時も作品としての香炉の生活は危険の埒外にあると同様に、もし芸術作品として完璧なダイナマイトがあるとすれば、むしろその危険は不発に於て存在し、その当然な爆裂はなんらダイナマイト自身にとって危険でないといわねばならぬ。——彼の第一義が危険なのである。だから危険はないのだ。

しかし世間の目に彼の才能が危険視されたとすれば、それは才能の使い方に危険を思わせるものがあったからだろうか。多く廿代に書かれたという掌《たなごころ》小説には、彼が才能というあるようなないようなものを一つの見事な幻想にまで築き上げているのが見られる。作者がただの一瞬も自己の才能を夢みていないその場所で、人は才能というきらびやかな夢に思うさま酔う。そこでは人生が夢みられているようにみえながら、その実、人生が夢みさせられているのである。——才能の使用法が危なげにみえるのも、これと似た錯覚が人をとらえるからではあるまいか。注意すべきはこの夥しい掌小説は、いわゆる「試作」でも「試み」でもないということだ。ここに駆使された才能の非常識な無駄遣いに目をみはる前に、そういう駆使の仕方を強いた才能の特質を識るべきではなかろうか。言葉のつましい程の的確さ、修辞の極端な節約、破綻と飛躍のしなやかな回避にもかかわらず、掌小説では作者の一番おそろしいものが平気で野放しにされている。自己の形成や陶冶や訓育や修身に対する呆れる程の無能無策が暴露されている。作者は大事な主人の子供を危ない街路の上で遊ばせてぽかんと見ている愚かな乳母のようだ。作家のナルチスムスが自己の生活の書かれうる部分（書かれる自我）への書く自我の恋慕であるとするならば、彼にはナルチスムスのひそみ入る余地すらない。作品と才能、作者と作品、すべて他人行儀であり酷薄であった。自分を救おうとしなかったから彼は安全であったともいえる。掌小説のなかで川端康成がとった手段は、自己の一部に水泳ぎをしたいという才能があれば、さあ泳いでおいで、私は止めはしない、しかし溺れたって私は知らないぞ。と言ってやることだった。綱渡りをしたい、と才能の別の部分が言い出すと、好き勝手に綱渡りをさせてやった。何か軽薄な真似がしてみたいという才能にはそれをさせた。赤い背広を着て銀座を歩いてみたいといえばそれも許した。飛行機に乗りたいといえばそれも許した。このような才能のサーカスのためには掌小説は正に恰好な舞台だった。いわば彼は鳥が翼ゆえに鳥なのではなく、翼がなくても尚且つ鳥であることを立証しまた確かめるために、われとわが翼を切り捨てる鳥のようであった。翼は切るそばから再生した。次々と彼は翼を切り捨てた。飛翔によって鳥であることを誇示し、他の鳥よりも一メートル高く飛んだと云っては自慢し、他の鳥より一町長く飛んだと云っては満足する群鳥の姿をかなたに眺めながら、彼は翼を失うことによって更に鳥らしい鳥でありたいと念じた。鳥の属性を悉く失ってなお且つ鳥であることは（実は属性は失われるところにその意義をもつのだが）、死せる後も鳥であるための唯一の道だ。鳥の骸《むくろ》が猛禽《もうきん》類や夜行獣に喰い荒らされ骨は土に帰し嘗ての歌声は世界のどこの茂みにも聞かれなくなる時に、属性のなかにのみ生きた鳥たちはもはや鳥ではない。しかしそれをのりこえて彼は鳥であろうとした。そのためにまるで鳥であることを断念したような方法に拠ったのだった。――私がこうして語った比喩は、他でもない掌小説（ひいては彼の文学全般）の方法論についてである。極端な才能の自由放任主義は、おそろしい加速度で、彼自身の作家としての属性を捨離し・失い・すりへらす手段であった。すりへらす後から後からその属性は湧いて来た。さっき私が使った才能という言葉は、普通の用例に従ってこのような属性を意味した。だが彼に関する誤解の大半は、正に才能という言葉の解釈に際してこの普通の用例に従うところから来ている。世間が彼の文学に貼った「感覚と抒情の作家」というレッテルも亦、この点の誤解に基くようである。鳥を評価するのにその鳥の属性ばかりを見るのと同様に、多くの人は作家を評価するのにその作家的属性ばかりを見るのであろう。少くとも川端康成の場合、真の意味で彼の才能と呼ぶべきは、彼がすりへらそうと戦って来たその夥しい華麗な属性ではなく、たえず湧いてくる属性を失いつくそうとする非情な意慾であっただろうに。

同じ誤解が掌小説を「試み」だと思わせるのである。作家が自分の才能を瀬踏みした記録に他ならぬあの「試作」だと思わせるのである。思うにこれも計算を誤まった考え方である。作家が自己の属性を発掘しこれを書く自我の確立によって定着するのが彼等の方法であるとすれば、作品として生れたものがその作家的属性をふりすてることによって作品を完成し、それと引換えに芸術家という形象をうけとろうとするのは川端康成の方法だ。芸術家としての彼はおそらく生きている内は存在しまい。死と共に彼は芸術家として生きはじめるのではないかと思われる。それはともあれ、作品としての彼の生き方には試みはありえぬ。なぜならもし彼が何事かを試みようとするならばその試みは作品の後に来るものであり、作品のあとに来る試みは作品たりえないからだ。作品が試みるということはあろう。しかし試みられた作品はないのである。彼は書く存在であり書くという行為にもはや仮定の要素が入って来ることはゆるされないから。

それにしても掌小説一巻は、彼の文学全般への敷衍を容易にする。彼の思想（この言葉も彼に関する限り特別に吟味されねばならないが）、彼の方法、彼の好んで用いる主題は、たいていここに要約されている。その主題の一つとして「運命」をとりあげてみるがよい。「有難う」という作品は掌小説のなかですぐれたものの一つである。母に連れられて売られにゆく少女が、その途中で、自分たちが乗って行ったバスの運転手と図らずも結ばれるという話。この思いがけない結末を作中の人物も作者も皆の目がやさしくゆるしている。娘を売りにゆく母親も、売られにゆく娘も、やがてその夫となる運転手も、運命に対して極度に純潔な人々である。到底、運命に抗争するというような人柄ではない。しかも彼等は運命に盲従する怠惰にして無智無力な存在とも言い切れぬ。むしろこう言うべきだ。かれらは運命に対して美しい礼節を心得ている人たちだと。たといそれが娼婦であっても、川端康成の作品に出てくる女は、どこかお行儀正しい美しさをもっている。肉体にも乱れがない。ともすると女体には天賦の肉体の礼節があり、身じまいを崩すことなしに男を迎え運命を迎え死を生を迎える能力がそなわっているのかもしれぬ。女の運命とは生理というに等しいかもしれない。そのような女の運命は、掌小説のなかに星のようにゆたかに鏤《ちりば》められている。こうした生理的な運命をとおしてそれに象《かたど》られた女たちの絵姿が、鹿や小鳥のようなやさしい禽獣に化してしまうのも当然であろう。掌小説の逸品「夏の靴」

の少女などはすでに一匹の美しい草食獣に他ならぬ。作者はこうして物言う存在の傍らにいるのが煩わしいばかりに、物言わぬ存在に化身させた少女たちを物も言わずにしげしげと眺めているのを好む。そこから自分の孤独が美しい谺《こだま》になって響いてくるのを味わうかのように。

女の運命をえがくことが女の肉体をえがくことに帰し、その肉体をえがくことがその運命をえがくことに帰するとは哀しい事実だ。男の場合はそうではない。男の肉体と運命とは別物であった。思えば古今の文学が女をえがいて飽きないのは、運命という「時間」と肉体という「場所」とが女に於て示す霊妙な調和こそ、あらゆる芸術作品の内容上形式上の理想と相通ずる調和であるからであろう。女の一生が閲した変転はその肉体の上に起った流転に要約され、女の肉体が刻々に感受した流れが居ながらにして彼女の運命を形成するのである。作品を読むことによってその内容が読者の内的経験に加わるように、一人の女の肉体を知ることはまた一瞬の裡にその女の生涯を夢みその女の運命を生きることでもある。作品が存在した故に作品の内容が内的体験となって再び生の実在に導き入れられるのではなく、生をして夢みさしめ数刻を第二の生のうちに生かしめたが為に芸術作品は存在しはじめるのかもしれない。してみれば女が先ず在って運命が存在しはじめるのではなく、われわれが生を運命として感じ歌い描き夢みること、その行為の象徴として女が存在しはじめたのかもしれないのだ。その時われわれが自らの自我の周囲におびただしい物言わぬ存在を——つまりはわれわれ自身の孤独の投影を——感じることは、やがて芸術の始源を通して芸術を見、一つの決定された作品としての運命を触知することだ。少くともその瞬間、われわれは川端康成と共に、自己の存在が一つの作品に他ならないことを感じるであろう。彼の文学を知る道も、この他にはないのである。

(『近代文学』昭和二十四年一月)

横光利一と川端康成

大体明治以来の作家を、文章に於て、三大別することができる。独創的なスタイルを作った作家と、体質的なスタイルを身につけた作家と、人工的なスタイルの作家と三種類である。小説はスタイルばかりで値打が決るものではないから、俄かにこの三種類の優劣を定めるわけにはゆかないが、第一類の総代が森鷗外で、ずっと下って、小林秀雄や堀辰雄がこの系列に入る。第二類の総代が夏目漱石で、武者小路実篤や丹羽文雄や武田泰淳までがこの系列に入る。第三類の総代が、泉鏡花あるいは芥川龍之介で、横光・川端はほぼこの系列の作家である。

しかし鏡花と龍之介を一緒に第三類にぶちこむには異論があるにちがいない。事実、この第三類はもっとも厄介な問題を蔵しており、人工的な天性をそのまま人工的文体に生かした鏡花のような、第二類の変種のような作家もいれば、人工的な天性から逆の自然的なスタイルを生み出そうとして苦闘した龍之介もある、という風である。

横光はどちらかというとこの龍之介型、苦闘型であり、川端は、鏡花型、人工的天性型だといえるであろう。結論を先に言うようだが、しかしいずれも、独創的な文体の持主ともいえず、また単に、体質的なスタイルともいえないのである。

一　横光利一

「日輪」の文章については、特殊な題材の要求した文体であり、また若書《わかがき》の作品と思われるから割愛して、新感覚派時代から「ナポレオンと田虫」（大正十五年）、次の一種の抽象主義的実験の時代から「機械」（昭和五年）、これにすぐつづく心理小説としてのロマン「寝園」（昭和五年）をえらび、それぞれの文章を鑑賞することにしよう。

1　ナポレオンと田虫

ナポレオン・ボナパルトの腹は、チュイレリーの観台の上で、折からの虹と対戦するかのように張り合っていた。その剛壮な腹の頂点では、コルシカ産の瑪瑙《めのう》の釦《ボタン》が巴里《パリー》の半景を歪ませながら、幽《かす》かに妃の指紋のために曇っていた。（中略）
ナポレオンは答の代りに、いきなりネー（将軍）のバンドの留金がチョッキの下から、きらきらと夕映に輝く程強く彼の肩を揺すって笑い出した。

よくお目をとめられたい。これが有名な新感覚派の文章である。この文章の前半は、大正十五年当時よりはるかに映画に親しんでいる読者にはよくわかる筈である。「幽かに妃の指紋のために」の、小説独特の説明的一句がなければ、進歩したレンズによる映画のクローズ・アップで、このままに撮れる。

さて後半はどうか。中略したのでなおわかりにくいと思うが、とにかくわかりにくい文章である。そこで文法的に説明すると、主語はナポレオンで、その述語は、「笑い出した」である。つまりナポレオンが笑ったのである。どうやって笑ったかというと、ネー将軍の肩を強く揺すって笑ったのである。あまり強く揺すったので、ネー将軍のバンドの留金が、チョッキの下からぐらぐら揺れて顔を出した。そこに夕映えの光りが当って、留金がきらきら光ったというのである。

これは歴史的価値のある文章であるけれど、今日から見ると、いい文章ではない。殊に後半がそうである。作者の目は聯想につれてさまざまのものを見るのであるが、それが一どきに呈示される結果、別の論理的思考を持った読者の目はあっちこっちへ引っぱりまわされて、チカチカする。初期の横光の文章にはいたるところにこうした個所があって、ために読者は眩惑された。

肩をゆすぶるという物理的原因が、バンドの留金が光るという唯一の結果に、本来到達するわけのものではない。この原因と結果は均衡を失しているのに、あたかも当然の一般的結果であるかの如く書かれている。もし肩を揺すって、留金が光った、というなら、文章は、まず、その間の力の伝達された順序を読者の頭に叩き込まなければならないのである。

2　機械

名作「機械」となると、さすがに文章は、内容とぴったり一致したものになってくる。そうだ。もしかすると屋敷を殺害したのは私かもしれぬのだ。私は重クロム酸アンモニアの置き場を一番良く心得ていたのである。私は酔いの廻らぬまでは屋敷が明日からどこへいってどんなことをするのか彼の自由になってからの行動ばかりが気になってならなかったのである。しかも彼を生かしておいて損をするのは軽部よりも私ではなかったか。いや、もう私の頭もいつの間にか主人の頭のように早や塩化鉄に侵されて了っているのではなかろうか。私はもう私が分らなくなって来た。私はただ近づいて来る機械の鋭い先尖《せんせん》がじりじり私を狙っているのを感じるだけだ。誰かもう私に代って私を審《さば》いてくれ。私が何をして来たかそんなことを私に聞いたって私の知っていよう筈がないのだから。

「機械」のラストの文章である。

故意に句読点と段落を極度に節約し、文脈には飜訳調を故意にとり入れている。すべてが、この小説の主題の展開にふさわしいように作り上げられた文章である。これだけの引用ではわからないが、「機械」一篇を読了してこの結末に来ると、実際「機械の鋭い先尖がじりじり」読者を狙って来るように感じられるのである。

われわれは日本人である以上、日本語の文章を書くわけだが、日本語の一語一語が持っている伝統的ニュアンスというものは否定しがたく、多くはそのニュアンスによりかかって文章を書くわけである。手紙の候文などはその極端なものであろう。

横光が「機械」の文章で試みた実験は、日本語から歴史や伝統を悉く捨象して、意味だけを純粋につたえるところのいわば無機質の文章を書くことであった。右の引用文でも、こういう試みの極点に達していることがみとめられよう。

明治の哲学者は、ドイツの観念論哲学の用語をそれぞれ飜訳して、該当する漢語を作りだし、それを組み合わせて、今までにない抽象的な日本文を作った。ところがそうして作られた言葉も、何十年かたつと、苔が生えるように、日本語としての複雑なニュアンスを帯びてくるから、ふしぎである。

しかしそういう意味では、「機械」の文章は、今日も日本の歴史の苔のつかないふしぎな乾燥した抽象的性格を保持している。それはまた題材乃至《ないし》主題との幸福な出合いでもあり、横光はこうして作った文体でいくつかの短篇を書くが、それが彼の固有の文体にまではならないのである。

3　寝園

この小説は、心理の探偵小説ともいうべきもので、奈奈江が良人の仁羽を撃つ破局《カタストローフ》が、ふつうの小説の破局よりもはるか前に置かれ、それ以後の紙幅は、あげてその瞬間の奈奈江の心の謎の究明に費されている。任意の一頁を左に引こう。

奈奈江は藍子と並んで坐った。彼女の頭は音響をとめてぴったりと鳴りやんだ。心は白々しい空虚さでいっぱいになりまさると、落ちついたのか萎れたのか分らぬ全く冷やかな心の底が、だんだん地を出して現れて来るのを感じて来た。（中略）

しかし仁羽の倒れる瞬間に現れた梶（註――奈奈江の恋人）の顔は、それはかつて奈奈江が前に家にいたとき、仁羽の新しく買った銃を取り上げて、ふざけながら彼を狙ったときに浮んで来た梶の顔と同一の顔ではないか。

違う違う。あたしは仁羽を助けたのだ。それだけだ。

ともすると狂い出しそうに舞いのぼる胸を抑え、奈奈江は今はもう何事も考えずただ眠りの来るのを待つばかりだった。

ここにもまだ「いっぱいになりまさる」などという用語の誤謬もあり、「舞いのぼる胸」

などという新感覚派の残滓もあるけれど、それまでの日本文学で、こういう心理の目に見えるような叙述は、堀辰雄と共に、全く新らしい境地であり、しかも完成と円熟に達した文章であった。こうした矛盾を含む心理の典雅な解析にふさわしいその文章は、しかし「機械」の場合とは、やや違う形の成功をもたらした。つまり一見これは、「機械」のそれよりはリアリスティックな文章である。だがこの文章の与えるリアリスティックな感じは、実は、全く歴史性をもたぬ文章と、この小説の登場人物である全く歴史をもたぬ日本の新らしいブウルジョアの生活との、幸福な、又、不幸な合致に由来しているのである。その代りに、「機械」に於ける激しい「抽象への情熱」は、今や装飾的な心理分析へ陥る危険を示している。横光の到達しえた最もリアリスティックな文章は、したがって、「機械」の文章――氏の技法上の冒険が、人間性探求の冒険と、最も無垢に歩調を合せたときに生れた文章――であるといえよう。

氏の晩年の作品では、「微笑」が傑作と思われ、又その文章は、青春時代の叙情をよみがえらせたふしぎなみずみずしさをもっているが、紙数の関係で、割愛する。

二　川端康成

ここで作家論をはじめるつもりはないが、横光と比べると、川端康成は自己批評の達人であり、どうにもならない自分の資質に対して、これほど聡明に身を処して来た人はめずらしい。氏の文章も、それをよくあらわしている。たとえば新感覚派時代の文章の一つの頂点である「水晶幻想」(昭和六年)や、「化粧と口笛」(昭和七年)をとってみても、そこには一見奇矯な斬新な意匠があるようでいて、実は頑固なほど、自己の資質に忠実な氏がいるだけなのである。

渚の砂浜には、網にかかって来た海月《くらげ》が、すみはじめた月光の底に、ほのかなにおいで腐っていた。

波に打ちあげられる海藻や流木が、海の明け方の霧と共に、一朝毎に多くなった。どこの海辺でも、女の一重帯は、もうきちんとたたむ気もしないほど、夏の潮風に疲れていた。(「化粧と口笛」)

こんな名文は随所にある。こうした感覚に於ては、氏は同時代の作家の中でも比類がないし、又氏自身、おそらくそれを知っていた。だから当時の氏の文章は、感覚だけでしか、外界とつながろうとしないのである。つまり自分の長所、得手によってしか。

横光利一なら、右の文章は、はるかに観念的な装いを必要としたであろう。

だから川端の新感覚派時代などというものはなく、それは氏がおのれの資質に十分に遊んだ時代にすぎぬ。氏の一見もっとも観念的と見える「水晶幻想」の文章からさえ、左の引用を見ても、かかる自己限定、かかる感覚的自己主張以外の何ものをも人は見ないだろう。

「なぜ人造絹糸をつくるんでしょうね。人造大理石。人造真珠。人造皮革。人造鼈甲《べっこう》。人造酒。人造コオヒ。人造人間。自然の真似ばっかりして、可哀想な人間。自然より美しいものがあるでしょうに。人間の夢みる力が貧しいせいだとお思いになって。アミイバのそれ、発生学の夢なの？」（「水晶幻想」）

氏の文章を、横光利一のように、段階的に分けて見ることはむずかしい。又その必要もなさそうに思われる。芸術家としての氏にはかつて自己革命というのがなかったから、文章にもそれのあるわけがないのである。こうした事情は、最も幸福な、又、最も不幸な芸術家の宿命である。氏の文章を初期から最近までずっと見て来た者は、実際、真の芸術家には、自己革命なんてある筈がないという奇妙な逆説的確信にとらわれてしまう。なるほど、例えが突飛だが、スタンダールにはそんなものはなかった。

川端康成の文章の極意は、一行から一行への神秘な転調にあるので、構文そのものにあるのではない。構文そのものには特色がないことが、私をして、決して独創的な文章ではないと言わしめる所以である。

「雪国」（昭和十年—昭和二十二年）の一篇を見よう。

夜明けの雪国の女。

帯を結び終ってからも、女は立ったり坐ったり、そうしてまた窓の方ばかり見て歩き廻った。それは夜行動物が朝を恐れて、いらいら歩き廻るような落ちつきのなさだった。妖しい野性がたかぶって来るさまであった。

そうするうちに部屋のなかまで明るんで来たか、女の赤い頬が目立って来た。島村は驚くばかりあざやかな赤い色に見とれて、……

さてこの文章をどう味わうか。おそらく文章を味わうのではあるまい。全く視覚的な文章で、イメージの突然の変調、つまり夜明けと共にはっきり目に映る女のあざやかな赤い頬に重点があり、そこでギョッとしなければ、川端文学の読者ではない。しかし重ねていうように、文章を味わっているのではない。イメージの転移の詩、その微妙な美におどろかされるのである。光線の変化が発見させる人体の異様な美の瞬間、……しかしそれは内容であって、文章ではない。

川端康成の小説を、センチメンタルな少女などは、美しい文章だと言って愛読する。しかし実はこんな実質的な、内容本位の文章はないのだ。

というのは、次の文章には、音楽的なものがまるで欠けている。あるいは犠牲に供されている。文章というものには、どんなそっけない散文にも、内的な音楽というものがある。

氏の文章にはそれがない。これは実におどろくべきことだ。ためしに氏の小説を朗読してみるがいい。たとえば永井荷風の小説などに比べたら、朗読の快感というものはほとんどない筈である。

しかし強いて言えば、この世のものならぬ音楽性というものはある。それは琴の絃《いと》が突然切れたひびきや、精霊をよび出す梓弓の弾かれた弦の音のようなものである。氏の小説にたびたび用いられる頻繁な改行の技巧は、実はこうした音の突然の断絶の効果ではあるまいか。してみればそういう改行の配慮は、氏の音楽性に対する配慮といえるかもしれない。

近作「山の音」（昭和二十四年―昭和二十九年）では、こうした「音楽のない」文章は、一種の鬼気を生むまでにいたった。

老いた信吾が月夜に不吉な山の音をきくところを、かなり長く引用する。

八月の十日前だが、虫が鳴いている。

木の葉から木の葉へ夜露の落ちるらしい音も聞える。

そうして、ふと信吾に山の音が聞えた。

風はない。月は満月に近く明るいが、しめっぽい夜気で、小山の上を描く木々の輪郭はぼやけている。しかし風に動いてはいない。

信吾のいる廊下の下のしだの葉も動いていない。

鎌倉のいわゆる谷《やと》の奥で、波が聞える夜もあるから、信吾は海の音かと疑ったが、やはり山の音だった。

遠い風の音に似ているが、地鳴りとでもいう深い底力があった。自分の頭のなかに聞えるようでもあるので、信吾は耳鳴りかと思って、頭を振ってみた。

音はやんだ。

音がやんだ後で、信吾ははじめて恐怖におそわれた。死期を告知されたのではないかと寒けがした。

風の音か、海の音か、耳鳴りかと、信吾は冷静に考えたつもりだったが、そんな音などしなかったのではないかと思われた。しかし確かに山の音は聞えていた。

魔が通りかかって山を鳴らして行ったかのようであった。

急な勾配なのが、水気をふくんだ夜色のために、山の前面は暗い壁のように立って見えた。信吾の家の庭におさまるほどの小山だから、壁と言っても、卵形を半分に切って立てたように見える。

その横やうしろにも小山があるが、鳴ったのは信吾の家の裏山らしかった。

この破調破韻の文章の鬼気はどこから来るのか、分析してみよう。

川端文学の常套手段である前置的解説は、「鎌倉のいわゆる谷の奥で」云々の数行である。こういう解説で、必ず一度文章の流れを引き止める方法を、氏は好んでとる。まず引用文の最初に、「ふと信吾に山の音が聞えた」とある。

これが意味不明な「山の音」の第一の提起である。次に、風がないこと、月の明るいこと、海の音と疑われたこと、風の音に似ていること、耳鳴りかと思ったこと、が述べられる。ここまでで意味不明な山の音は、一そうその意味の不明さを深められ、それが「音はやんだ」と結ばれる。

死の恐怖が急に襲う。文章上の転調のおそろしさ。

次に、川端康成独特の、くりかえしの手法で、もう一度疑問が提起される。

次に又、おそろしい転調。「魔が通りかかった」という一行である。

次に、はじめて、場所の詳細な説明が試みられ、最後に、「裏山らしい」という不気味な推定乃至《ないし》確認で結ばれる。

こう見てくると、鬼気は次の二つの理由から生ずる。

第一に、行を改められた文章の突如の変調。

第二に、構成の乱雑さ。故意の重複と、故意に抒述を前後させてあること。

もし右のいきさつが、最後の場所の説明からはじめられ、次に、風のないことと月夜であることが説明され、それから、海の音か、風の音か、耳鳴りかという疑問が提起され、それからはじめて、音の説明に入るとしたら、論理的には正確だが、鬼気は生じなかったろう。

大体川端康成の小説の文章が効果をあげている部分は、大抵こういう特色をもっている。何度かの躊躇や中断を抒述の間にはさみながら、稲妻のような不吉な一行を、さっさっと閃めかせてゆく技巧である。

こういう特色は、初期作品（たとえば、掌《たなごころ》小説）から明瞭に見られるもので、それが近作に及んで一そう手が込んで、一そう蒼古な味を帯びてきたのである。

（河出書房『文章講座6』昭和三十年二月）

永遠の旅人——川端康成氏の人と作品

一

数日前の新聞によると、川端さんは又、ペンクラブ代表で渡欧されるのを中止されたらしい。毎年、年中行事のように、川端さんがペンクラブ大会へ出席のため、外国へ行かれるというニュースがつたわる。それからしばらくして、これ又年中行事のように、それが中止されたことが報ぜられる。一般読者には何のことかわかるまい。

しかし奇抜なのは、川端さん御自身にもわかっていないらしいことで、何度か私は、

「今年はいよいよいらっしゃいますか」

ときくのだが、

「さあ、わかりませんねえ」

という返事に接するだけである。ギリギリの時でもそうなのである。そして結局、川端さん自身の意向で、中止と相成る。

私は大体、本当に外国へ行くことの必要な文士は、是が非でも行く運命になるという説の持主で、何か支障が生じて行けなかった文士は、その実、本当に外国へ行く必要のなかった人だという考えだが、この説はどうも川端さんにぴったり当てはまりそうに思える。しかしこの場合私の問題にしているのは、そのことではなく、渡欧及び中止という経過が川端さんをめぐって起るそのいきさつ、及びこうした経過の川端さんに関する一種の法則性なのである。

川端さんの生活、芸術、人生万般がすべてこのデンなのである！　一体川端さんが本当に外国へ行きたいのか、行きたくないのか誰も知らない。川端さん自身も御存知ないことを、誰が知りえようか？

私のようなセカセカした、杓子定規の、何事も計画的に物を運ばなければいられぬ男から見ると、川端さんは一つの驚異である。神様は人間を作るのに、庭を作るように、いろいろな対比を考えてたのしみながら作り、そのためにこんな極端な性格上の対比が生れたのだろう。東洋流に云うと、私のようなのは小者であり、川端さんは底の知れない、つかみどころのない、汪洋《おうよう》たる大人物である。

しかし川端さんのことを、「肚《はら》のできた人物だ」とか「大度量の人物だ」とかいうのをきくと、又してもそぐわない気持が起る。こういう性格類型から、すぐわれわれは西郷隆盛のタイプを想像してしまうからである。しかるに川端さんは痩軀の上に、あの神経的な風貌をもち、西郷隆盛とは似ても似つかない。一方にはわれわれは、近代的末梢神経の病的な鋭敏さというのやら、古美術蒐集家の繊細な美意識というのやら、世俗に流布されている多くの偏見を以て川端さんを見ており、事実川端さんの作品は、豪宕《ごうとう》で英雄的な作品とはいえず、織巧でおそろしいくらい敏感な作品である。

川端さんという人物の独自さは、こういう不可思議な混合された性格にあるので、それでは氏の生活と作品が全く別物かというと、それが又共通した一本の糸がとおっているからますますふしぎなのである。あの織巧な作品にも、随所に、投げやりな、大胆きわまる筆触を見出すことができる。

二

川端さんを冷たい人と云い、温かい人と云い、人によってまるでちがった評価をしているが、ごく世俗的な意味で温かい人というなら、氏は温かい義俠的な立派な人でもあり、窮境にある者に物質的援助を与えたり、就職の世話をしたり、恩人の遺族の面倒を見たり、その種の美談は氏の半生に山積している。そういう人から見れば、氏は幡随院長兵衛のようにも、清水次郎長のようにも見えるであろう。そしてそういう行為をする氏に些かの偽善の匂いのないことも氏の特質である。現に私が外遊する際にも、川端夫妻がわざわざ拙宅を訪ねられて、激励され、私は心細い一人旅の門出に、どれだけ力強い思いをしたかわからなかった。

しかし一方、ごく世俗的な意味で温かい人の備えている過剰な親切心、うるさい善意の押売、こちらの私生活にどんどん押し入ってくる態度、そういうものが氏には徹底的に欠けている。私は十年間も氏に親炙しながら、ついぞ忠告らしい忠告をいただいたことがない。尤も私に忠告をしても、どうせ言うことをきくまいから、ムダだと思っていられるのかもしれないが。……氏は下戸であって、酒呑みの粗放な附合をされぬことも一因だが、私はこの十年間に、一度も、氏から半強制的に「附合え」と命ぜられたことがないのである。町でパッタリ会っても、若輩の私のほうから、お茶にお誘いするくらいだ。

世間的な、「一杯行こう」とか「附合のわるい奴だな」とかいう生き方をしている人から見れば、こんな川端さんが冷たく見えるのは当り前であろう。私だって、時には氏が、何か陽気の加減で、バカげた相談事をもちかけて下さるのを期待していないではないが、まあそんなことは金輪際あるまい。

或る人が言うのに、

「小説家のお供をして旅行に行くなら、川端さんに限る。あんなに一緒に旅行をして、気骨の折れない人はない。事務的に実に親切だ。それ以外では、完全に放りっぱなしにしてくれる」

この人の言が真実だとすると、川端さんの人生は全部旅であり、氏は永遠の旅人のようにも思われる。人生の一角に腰をすえてかかろうとするから、つい、隣り近所へ恩を売ったり老婆親切を振舞ったりしたくなるのである。それならいつも旅に出ていれば、川端さんのような生活態度をとれるかというと、そうでもなく、旅に出ればますます周囲をうるさがらせる人物は数多い。

それにしても、他人に対して、どんな忠告も不要と考える境地に、われわれはなかなか到達することはできぬ。理論的にはあらゆる忠告はエゴイズムの仮装にすぎまいが、われわれは人の忠告に対して又ぞろ、「忠告なんてエゴイズムの仮装にすぎないじゃないか」と忠告しかねない。忠告というような愚劣な社会的連帯の幻影を打ち砕けば、しかし、他のあらゆる幻影も打ち砕かれて孤独になってしまうという恐怖がわれわれには在る。

川端さんを「孤独」と呼んだり、又別の見地から「達人」と呼んだりする伝説が、ここに生ずる。もちろん製作に孤独は必要だが、力強い製作の母胎をなすような溌剌たる孤独は、のんべんだらりんとした惰性的孤独感から生れるものでもない。プルウストはコルク部屋に己れをとじこめながらも、ときどき毛皮の外套を着て、仲間の文士の顔を見に行った。まして川端さんは、シンが丈夫なたちで、持病もなければ、めったに風邪も引かれない。人が思い描くような慢性的孤独の中で、世間をあきらめたような顔をしていられるわけがないのである。

川端さんは実によく出かけられる。ポオの「群集の人」ではないが、人の多く集まるところに、川端さんの「孤独な」顔を見出すことは珍らしくない。何が面白いという表情をしていて、そのくせ好奇心の旺盛なタイプに、正宗白鳥氏と共に、氏を数え入れてよいかもしれない。例の鎌倉文庫時代には、精励恪勤《せいれいかっきん》の重役として、チャンチャンと社へ顔を出し、食が細くて、一時にたんと上れないところから、小さな弁当を四度にわけて喰べておられた。もう弁当の要る時世ではないが、ペンクラブの例会にも欠かさず出席され、その種々雑多な外部との折衝にも立会っていられる様子である。

一二度川端さんと、待合せたことがあり、時間の正確なのにおどろかされたが、一方、すべてがビジネスライクかというと決してそうではない。

お若い時分、家主のおばあさんが家賃の催促に来ると、黙っていつまでも坐っているだけで、おばあさんを退散させたというのは有名な話だが、氏の私生活には、今もあんまり計画性というものは見られない。昔、新進作家時代から、大きな家に住むのがお好きで、熱海に大邸宅を借りられたが、お客が泊るとなると、あわてて奥さんが貸蒲団屋へ走ったなどというのも、たとえ作り話にしても、いかにも川端さんらしい挿話である。一時は、本宅は貸家で、軽井沢には、持家の別荘を三軒もっておられたそうだ。こんな人はそう数多くあるまい。骨董屋なども、氏にかかっては、いろいろ苦労をするだろうと思われる。

就中《なかんずく》ふしぎなのは、氏が来客のために割いている時間である。ほとんどお客を断らない氏のことであるから、在宅の折には、編輯者、若い作家、骨董屋、画商などの、数人、時には十数人の来客が氏をとりまいている。私はたびたびお訪ねして、その末席に連なったが、立場もちがい、用件もちがうそれだけの人の間で、主人側がどんどん捌いてゆかない限り、話題の途絶えてしまうことは当り前である。一人が何か喋る。氏が二言三言答えられる。沈黙。又誰かの唐突な発言。又沈黙。……こうして数時間がたって了う。

私は大体気短かで、人の沈黙に耐えられないタチだが、世間には気の長い人があって、相手が黙っているほど楽であり、黙っている人の相手をしている分には、ちっとも疲れないという人がある。川端さんは大体このタイプに属し、何か別のことを考えておられて、あまりお疲れにならぬらしい。だから川端さん係りの編集者もそういう人が最適であり、何時間でもぼんやり沈黙の雰囲気をたのしむ人でなければならぬ。川端さんが、来客の大ぜい待っている客間へ出て来られて、その中の誰に最初に話しかけられるか、ということについて、或る人から聞いたが、必ず若い女性が優先するのだそうである。

初対面の人に対する川端さんのとっつきの悪さは有名である。黙って、ジロジロ見られるので、気の弱い人は冷汗を拭うばかりである。或る若い初心の編輯嬢が、はじめて氏を訪ねて、運悪く、あるいは運よく、他に来客はなかったのだが、三十分間何も話してもらえず、ついにこらえかねて、ワッと泣き伏した、などというゴシップがあるくらいである。

客の中に骨董屋がいて、川端さんのお気に入る名品などを持って来た場合には、氏はそれに没頭して了われて、骨董のコの字も知らない連中までが、ひたすら氏のうしろ姿と古ぼけた名画とを鑑賞しなければならぬ羽目になる。はじめ氏は私を買いかぶっておられたのか、いろいろ所蔵の名品を見せて下さったが、一向私が関心を示さないので、このごろは諦めて、見せて下さらなくなった。

新年の二日には、川端家では賀客を迎えるならわしである。戦後はじめてその席に連なったとき、皆の談論風発のありさまを、一人だけ離れて、火鉢に手をかざしながら、黙って見ておられる川端さんに向って、故久米正雄氏が、急に大声で、

「川端君は孤独だね。君は全く孤独だね」

と絶叫するように云われたのをおぼえているが、そのとき私には、川端さんよりも、当の賑やかな久米氏のほうが一そう孤独に見えたのであった。私には一つの確信があるのだ

が、豊かな製作をしている作家の孤独などは知れている。

私が長々と、氏の客に接する態度などに触れたのは、川端さんは一体時間が勿体なくないのかしら、という当然の疑問からであった。ビジネスの部分をもっと整理すれば、私生活の時間がいくらでも割けるのが、作家の特典だと思っている私である。それが又、ビジネスの相手の利益にもなることは勿論である。しかし川端さんの生活態度は、やはり冒頭にのべたあの法則に則っているのである。成行まかせとしか云いようのないこういう態度、一面から見れば、生活蔑視の態度については、後段で整理するつもりで書き進む。

しかし氏の人に接する態度で、つくづくたのしそうな面も見られないではない。それは戦後俄かに盛んになった外国人との交際の場面である。氏ほど西洋人を面白がって眺めている人はめずらしい。西洋人の席にいる氏を見ていると、いつも私はそう思うが、それはほとんど、子供が西洋人を面白がってしげしげ眺めているあの無垢な好奇心に近づいている。

占領中米国大使館にミセス・ウイリアムズという面白いおばあさんがいて、この人が日本語がまるで出来ないくせに川端さんの大ファンになり、氏もよく附合っておられた。ミセス・ウイリアムズは、文学などわかる人ではなく、日本で云えば天理教信者と謂ったMRAの狂信者であり、鷹揚で、いかにもアメリカ的に明るく、気のいい、可愛らしい大女のおばあさんであった。この人が川端さんの作品一つ読まずに、川端ファンになってしまい、川端さんも含羞から、英会話なんか知っていてもやらない人で、二人はただ目と表情で話すだけなのだが、氏がたのしそうに附合っていられるのが私にはよくわかった。「千羽鶴」が芸術院賞をうけたとき、ミセス・ウイリアムズは、わからぬながらも、わがことのように喜んで、早速祝賀会をひらいたが、行ってみると、用意された大きなケーキに、鶴が一羽しか描かれていない。私が「鶴が一羽だけじゃ、おかしい」と忠告したら、ミセス・ウイリアムズは「どうしておかしい」と反問する。

「それでもおかしいものはおかしい」と私は言った。ミセス・ウイリアムズは、

「だって、千の羽根毛をもつ鶴だから、一羽でいいじゃないか」と言うのであった。誰かがそういう飜訳をして、おばあさんを文学的誤解に陥らせたものと思われる。

三

ここらで、氏の作品について語らなければならぬ段階だが、今までこんなに砕けた肖像画を描いて来ては、今更目くじらを立てて川端康成論を展開するわけには行かない。

ただ私はこのごろになって、ヴァレリイの「作家の生活が作品の結果なのであって、そ

の逆ではない」という有名な箴言もさることながら、一流の作家の作品と生活は、私小説的な意味ではなしに、結局のところ一致した相似の形を描くものだという確信を抱くようになった。

芭蕉のあの幻住菴の記の「終に無能無才にして此の一筋につながる」という一句は、又川端さんの作品と生活の最後の manifesto でもあろうが、川端さんの作品のあのような造型的な細部と、それに比べて、作品全体の構成におけるあのような造型の放棄とは、同じ芸術観と同じ生活態度から生じたもののように思われる。

たとえば川端さんが名文家であることは正に世評のとおりだが、川端さんがついに文体を持たぬ小説家であるというのは、私の意見である。なぜなら小説家における文体とは、世界解釈の意志であり鍵なのである。混沌と不安に対処して、世界を整理し、区劃し、せまい造型の枠内へ持ち込んで来るためには、作家の道具としては文体しかない。フロオベルの文体、スタンダールの文体、プルウストの文体、森鷗外の文体、小林秀雄の文体、……いくらでも挙げられるが、文体とはそういうものである。

ところで、川端さんの傑作のように、完璧であって、しかも世界解釈の意志を完全に放棄した芸術作品とは、どういうものなのであるか？　それは実に混沌をおそれない。不安をおそれない。しかしそのおそれげのなさは、虚無の前に張られた一条の絹糸のおそれげのなさなのである。ギリシアの彫刻家が、不安と混沌をおそれて大理石に託した造型意志とまさに対蹠的なもの、あの端正な大理石彫刻が全身で抗している恐怖とまさに反対のものである。

そして氏の作品におけるこの種のおそれげのなさは、氏の生活において云われる、「度胸」とか「肚」とか「大胆不敵」とかの世俗的表現の暗示するものと、いかにも符節を合している。氏の生活の、虚無的にさえ見える放胆な無計画と、氏が作品を書く態度の、構成の放棄とはいかにも似通っている。今、年譜を綿密に調べないで言うことだから、まちがいであったら訂正するが、氏の作品にはおそらく書き下ろしは一つもなく、悉くがジャーナリズムの要請するままの発表形式で書かれたものである。「雪国」のごときはしかも、永年未完成のままに放置されて、戦後になってから完成され、「千羽鶴」も「山の音」も、もうおしまいかと思うと、又つづきがあらわれて、何年かを経て完成されるが、さて完成されても、ドラマティックなカタストローフは決して設定されず、本当に終ったのかどうか、読者にも疑問に思われる。この点では、一見共通した作風の泉鏡花などが、通俗小説にひとしい「風流線」を、ギリシア悲劇のような急速なカタストローフで結んだのとは反対である。

川端さんのこういうおそれげのなさ、自分を無力にすることによって恐怖と不安を排除するという無手勝流の生き方は、いつはじまったのか？

　思うに、これはおそらく、孤児にひとしい生い立ちと、孤独な少年期と青年期の培ったものであろう。氏のように極端に鋭敏な感受性を持った少年が、その感受性のためにつまずかず傷つかずに成長するとは、ほとんど信じられない奇蹟である。しかし文名の上りだした青年期には、氏が感受性の潑剌たる動きに自ら酔い、自らそれを享楽した時代もあったことはたしかである。氏がきらいだと言っておられる「化粧と口笛」のような作品では、氏の鮮鋭な感受性はほとんど舞踏を踊り、稀な例であるが、感性がそのまま小説中の行為のごとき作用をしている。

　氏の感受性はそこで一つの力になったのだが、この力は、そのまま大きな無力感でもあるような力だった。何故なら強大な知力は世界を再構成するが、感受性は強大になればなるほど、世界の混沌を自分の裡に受容しなければならなくなるからだ。これが氏の受難の形式だった。

　しかしそのときもし、感受性が救いを求めて、知力にすがろうとしたらどうだろう。知力は感受性に論理と知的法則とを与え、感受性が論理的に追いつめられる極限まで連れて行き、つまり作者を地獄へ連れて行くのである。やはり川端さんがきらいだと言われている小説「禽獣」で、作者ののぞいた地獄は正にこれである。「禽獣」は氏が、もっとも知的なものに接近した極限の作品であり、それはあたかも同じような契機によって書かれた横光利一の「機械」と近似しており、川端さんが爾後、決然と知的なものに身を背けて身を全うしたのと反対に、横光氏は、地獄へ、知的迷妄へと沈んでゆくのである。

このとき、川端さんのうちに、人生における確信が生れたものと思われる。それは突飛な比較かもしれないが、十八世紀のアントアヌ・ワットオが抱いたような確信だった。情念が情念それ自体の、感性が感性それ自体の、官能が官能それ自体の法則を保持し、それに止《とど》まるかぎり、破滅は決して訪れないという確信である。虚無の前に張られた一条の絹糸は、地獄の嵐に吹きさらされても、決して切れないという確信である。これがもし大理石彫刻なら倒壊するだろうが。

こうして川端さんは、他人を放任する前に、自分を放任することが、人生の極意だと気づかれた。その代り他人の世界の論理的法則が自分の中へしみ込んで来ないように警戒すること。しかしその外側では、他人の世界の法則に楽々と附合ってゆくこと。……実際、快楽主義というものは時には陰惨な外見を呈するものだが、ワットオと共に、氏の芸術を快楽的な芸術だと云っても、それほど遠くはなかろう。

そして、何よりも生活は蔑視せねばならぬ。何故なら、一旦放任した自分が生活の上で重要なものになることは危険だからだ。もし放任された自分が、生活を尊重し、生活を秩序立てようとする意志、あるいは破壊しようとする意志を持ち出したら、作品が危険に瀕するだろう。この点で川端さんの人生は、悪い言葉だが実に抜け目がなかった。

　ここまで言えば、冗《くど》く言う必要もないことだが、川端さんが文体をもたない小説家であるということは氏の宿命であり、世界解釈の意志の欠如は、おそらくただの欠如ではなくて、氏自身が積極的に放棄したものなのである。

　抽象観念の城郭にとじこもった人から見れば、川端さんの生き方は、虚無の海の上にただよう一羽の蝶のように見える。しかしどちらが安全か知れたものではない。

　そういう川端さんが、完全に孤独で、完全に懐疑的で、完全に人間を信じていないかということになると、それは一個の暗黒伝説にすぎないことは、前にも述べたとおりである。氏の作品には実にたびたび、生命（いのち）に対する讃仰があらわれ、巨母的小説家であった岡本かの子に対する氏の傾倒は有名である。

　しかし川端さんにとっての生命とは、生命イコール官能なのである。この一見人工的な作家の放つエロティシズムは、氏の永い人気の一因でもあったが、これについて中村真一郎氏が、私に面白い感想を語ったことがある。

「この間、川端さんの少女小説を沢山、まとめて一どきに読んだが、すごいね。すごくエロティックなんだ。川端さんの純文学の小説より、もっと生なエロティシズムなんだ。ああいうものを子供によませていいのかね。世間でみんなが、安全だと思って、川端さんの少女小説をわが子に読ませているのは、何か大まちがいをしているんじゃないだろうか」

このエロティシズムは勿論、大人が読まなければわからないエロティシズムだから、中村氏はそれを逆説的に誇張して言ったのにすぎないが、この感想は甚だ私の興味をそそった。

氏のエロティシズムは、氏自身の官能の発露というよりは、官能の本体つまり生命に対する、永遠に論理的帰結を辿らぬ、不断の接触、あるいは接触の試みと云ったほうが近い。それが真の意味でエロティックなのは、対象すなわち生命が、永遠に触れられないというメカニズムにあり、氏が好んで処女を描くのは、処女にとどまる限り永遠に不可触であるが、犯されたときはすでに処女ではない、という処女独特のメカニズムに対する興味だと思われる。ここで私は、作家と、その描く対象との間の、——書く主体と書かれる物との間の、——永遠の関係について論じたい誘惑にかられるが、もう紙数が尽きた。

しかし乱暴な要約を試みるなら、氏が生命を官能的なものとして讃仰する仕方には、それと反対の極の知的なものに対する身の背け方と、一対をなすものがあるように思われる。生命は讃仰されるが、接触したが最後、破壊的に働らくのである。そして一本の絹糸、一羽の蝶のような芸術作品は、知性と官能との、いずれにも破壊されることなしに、太陽をうける月のように、ただその幸福な光りを浴びつつ、成立しているのである。

戦争がおわったとき、氏は次のような意味の言葉を言われた。「私はこれからもう、日本の悲しみ、日本の美しさしか歌うまい」——これは一管の笛のなげきのように聴かれて、私の胸を搏った。

（『別冊文藝春秋』昭和三十一年四月）

川端康成の東洋と西洋

川端康成はごく日本的な作家だと思われている。しかし本当の意味で日本的な作家などが現在いるわけでないことは、本当の意味で西洋的な作家が日本にいないと同様である。どんなに日本的に見える作家も、明治以来の西欧思潮の大洗礼から、完全に免かれ得ていないので、ただそのあらわれが、日本的に見えるか見えないかという色合の差にすぎない。

話が傍道《わきみち》に外れるが、私はかねて、岸田国士と久保田万太郎という、前者は西欧派フランス派、後者は日本派下町派ともいうべき、二大劇作家の本質について、いろいろと考えている。岸田氏の戯曲はなるほど、西欧化された現代中流家庭を扱い、会話もハイカラであるし、登場人物は皆フランス風である。しかし仔細に見ると、劇構成は意外に即興的で、戯曲を戯曲たらしめる骨太な合理精神というものからは遠く、或る意味では俳諧的でさえある。これに反して久保田氏の戯曲には、下町の古い気質の人たちばかりが登場し、義理人情の柵《しがらみ》に泣いたり笑ったりして幕を下ろす、古い日本の低徊趣味しかないように思われている。しかし仔細に見ると、これは意外に構成力に富んだ劇作家であって、登場人物に対する客観的把握の冷静さでは、むしろ岸田氏を凌いでいるかもしれない。どちらがフランス的かというと、久保田氏のほうがフランスの「ファニイ」、「マリウス」などのマルセイユ物や、巴里《パリ》市井劇に近いのかもしれないのである。そして久保田氏の潔癖は、作品世界の調和をみだす西欧的なものを、出来得るかぎり巧みに隠そうとしている。そのいかにも日本的な文体にも、当て字探しのように、飜訳調の文体が隠れているし、西洋は、氏の舞台の一隅の、朝顔の花の一鉢にも隠れている。こういう点では、氏はあきらかに永井荷風の追随者である。

作家の芸術的潔癖が、直ちに文明批評につながることは、現代日本の作家の宿命でさえあるように思われ、荷風はもっとも忠実にこれを実行した人である。なぜなら芸術家肌の作家ほど、作品世界の調和と統一に敏感であり、又これを裏面から支える風土の問題に敏感である。ところで現実の投影の作品世界を清掃してゆくには、雑然たる東西混淆《こんこう》の日本の現実、日本の不可思議な雑種文明そのものを批評して行かなければならない。

都市一つをとってみても、今の東京を植民地的などというのは、用語の間違いで、植民地の都市というものは、整然たる都市計画の下に、広大な道路が四通八達した西欧本国への郷愁の都市的表現であって、今の東京のような、計画も目的もない、混然雑然としたものではない。

今の東京は、よかれあしかれ、明治以来の継木文化そのままの都市的表現であって、東京のグロテスクは、そのまま、われわれ知識人と称するものの内面のグロテスクの反映である。これに対立するものとして、荷風の江戸のイメージがあり、久保田氏の古い東京のイメージがある。共に作家の批評の果てに結実したイメージであって、現実とは断絶している。ただ荷風が「冷笑」その他の、あらわなエッセイの形でこの批評を行ったのに対し、久保田氏は、作品だけで批評を行ったにすぎぬ。だから一見、久保田氏の作品は、批評的に見えない。しかし舞台の上のわびしい朝顔の花一輪にも、批評が、すなわち西洋が結実しているのである。悲しいことに、われわれは、西欧を批評するというその批評の道具をさえ、西欧から教わったのである。西洋イコール批評と云っても差支えない。

さて、日本の現実の、かかる文化的混乱状態の結果として、日本における芸術家の特異な運命がはじまる。日本では、芸術家肌の作家ほど、極度に批評的にならねばならぬのである。これは本当に困ったことで、芸術創造の機能と批評の機能とは、本来、相反するものなのである。モオツァルトの音楽がどうして批評であろうか。日本で何故かくも小説というジャンルが隆盛を極めているかを考えて、私は、その一つの理由に、小説がもっとも批評的な芸術であるという理由を数えずにはいられない。批評的な芸術とは言葉の矛盾であって、芸術としてもっともあやしげなもの、と云った程の意味である。

かくて、日本に生れた芸術家は、不断に日本の文明批評を強いられ、この東西の混淆のうちから、自分の真の風土と本能にふさわしいイメージをみつけ出し、それを的確に結実させた人のみが成功する。当然のことながら、われわれは日本人であるから、そのイメージを、日本的な方向に結実させ得た人は、成功の可能性が大きい。それは単に、日本への回帰とか、東洋への回帰とかという簡単な言葉で説明のつく事情ではなく、作家おのおのの本能と稟質《ひんしつ》にかかっている。西欧の方向へそのイメージを結実させようとした作家は大抵成功しない。横光利一の失敗はその最大のものであり、堀辰雄の成功はその稀なるものである。

さて、私はようやく、川端康成の問題に戻って来られたようである。

川端氏は俊敏な批評家であって、一見知的大問題を扱った横光氏よりも、批評家として上であった。氏の最も西欧的な、批評的な作品は「禽獣《きんじゅう》」であって、これは横光氏の「機械」と同じ位置をもつというのが私の意見である。

二十代の新感覚派時代の氏の作品は、当時のモダニズムの社会的風潮のスケッチであり、それを独自な感覚で裁断したものであって、最もハイカラな文学だったと云えよう。ただ氏の場合の特色は、自分の鋭敏な感覚を発見し、それに依拠して、それ以外のものにたよらぬ潔癖のおかげで、作品世界の調和を成就したことである。今日になって当時の氏の作品と、他の新感覚派、新興芸術派、モダニストたちの作品とを比べてみると、後者のほうがいかに批評を忘れて現象に追随し、エロ・グロ・ナンセンス時代の単なる風俗画に終っているか一目瞭然である。

しかし当時の氏にあっては、東洋と西洋とは、まだ明確な悲劇的な形で対立していなかった、ということはいえる。というより、氏はそれほど西欧の問題に深入りしなかったのである。

私がことさら、昭和八年、氏が三十五歳の年の「禽獣」を重要視するのは、それまで感覚だけにたよって縦横に裁断して来た日本的現実、いや現実そのものの、どう変えようもない怖ろしい形を、この作品で、はじめて氏が直視している、と感じるからである。氏は自分の作品世界を整理し、崩壊から救うべく準備しはじめるが、いうまでもなくこれは氏の批評的衝動である。

そのとき氏は、はじめて日本の風土の奥深くのがれて、そこで作品世界の調和を成就しよう、西欧的なものは作品形成の技術乃至《ないし》方法だけにとどめよう、と決意したらしく思われる。そして昭和十年に、あの「雪国」が書きはじめられる。

戦後の氏の仕事は、云うまでもなく「雪国」の発展の線上にあるものではあるが、氏の特色と思われるのは、「千羽鶴」「山の音」などの、今日氏をもっとも日本的作家と思わせている諸篇において、西欧の方法をも捨て去っていることである。

方法的に云って、これらの作品は、西欧のロマンでもない、日本の物語や近世小説でもない、そうかと云って、美的心境小説と要約することもできない。一種ふしぎなジャンルの小説になった。なぜなら氏のこれらの作品における態度は、久保田氏ともまるでちがうからである。久保田氏の場合は、近代劇の劇構成という西欧的な方法と、下町の古い生活にとじこもろうとする批評的潔癖とが、ともかくもどこかで符節を合している。ところが、川端氏の近作では、戦後社会の諸現象が、ところどころに、実に放任された形で、ナマですっと顔を出して、それが却ってグロテスクな対比を伴いつつ、作品の美的調和を高めているのである。これは批評的操作というよりも、社会現象のなまなましさに対する潔癖な拒否の道をたどらず、こういう現象にふてぶてしいノンシャランな態度でつきあって来た、氏の作家的素質のなせるわざなのであるが、それについては本題から外れるから云うまい。

ただ、これら日本的な作品が、日本の古典と明白にちがうところは、感覚の上で、すでに近代の倦怠をとおって来た人の作品だということである。西欧の作家たちの閲《けみ》して来た知的な危機、多くの知的頽廃を、はっきり感覚的に体験してきた人の作品だということである。だから一見中世的なよそおいをしていても、「千羽鶴」や「山の音」を、サルトルやカミュのいかにも廿世紀的な作品のかたわらに並べて、われわれは時代の懸隔を感じない。露伴のように完全に「古き良き日本」に住み了《おお》せた人から感じるような懸隔を感じない。

これも同時代の文学に他ならず、せまくなった世界の、世界文学の風潮は、こんな実に皮肉な形で、同時代の文学を各国各地に存在せしめているように思われる。

（『国文学　解釈と鑑賞』昭和三十二年二月号）

川端康成読本序説

川端康成氏の文学については、本著に収めた諸家の評論が十分に語ってくれるであろうから、私はいかに川端文学にアプローチするかについて語れば足りると思う。

私事を語ることをゆるしていただくと、昭和廿一年、すなわち終戦のあくる年の早春、はじめて川端氏にお目にかかってから、今日まで十七年、氏の存在はいつも私の力強い支えであった。この間の社会や文壇の動きは変転只ならぬものがあったが、私は氏から、言わず語らずのうちに、芸術家の「平常心」というものの大切さを教えられた。氏ほど鋭敏な魂を持ちながら、氏ほどものに動じない人を見たことがない。

一体、私小説作家というものは、作品と日頃の言行が一致しているように見えながら、その間に微妙な不一致があり、世間的には一等秘密でない部分が実は制作の最大の秘密になっている場合が往々にしてあるが、いかなる意味でも私小説作家でない川端氏ほど、人と作品のみごとに一致している例はないというのが、私の総括的な印象であった。

このいつも素手で戦ってきた剣士は、いつもこの上なく裸かで、この上なく無抵抗な姿で、世間に対して来たのである。それでいて誰も氏に斬りつけることはできず、氏の構えのない構えに紙ほどの隙をみつけることもできず、とどのつまりは、自分でふりあげた刀で自分が傷つくほかはなかった。猫のように無力に見える氏の精神の形は、まるで不定形なほど柔軟の極にあって、しかも一瞬に形が決ると、猫のように敏捷に、目ざす獲物を的確に捕えるのであった。

氏ほど秘密を持たない精神に触れたことがないと私が言っても、おそらく誇張にはなるまいと思う。秘密とは何か？　一体、人間に重大な秘密なんてものがありうるのか？　われわれに向ってすぐさまこう問いかけてくるのが、氏の精神なのである。これは破壊的な質問であるが、氏は決して論理を以て追究することはない。問いかけただけで相手が凍ってしまうことが確実であるとき、どうして論理が要るだろう。

氏自身はダリの画中の人物のように、風とおしのよい透明きわまる存在であるのに、私は氏に接していると、氏が自分の外部世界のお気に入りの事物へ秘密を賦与してゆく精妙な手つきが見えるのであった。そこで氏が世間の目に半ば謎のようにみえている理由も判然とする。氏自身の精神には毫も秘密がないのに、氏は自ら与えた秘密の事物に充ちた森に囲まれているからだ。その森には禽獣が住んでいる。美しい少女たちが眠っている。眠っている存在が秘密であるとは、秘密は人間の外面にしかないという思想に拠っている。その存在を揺り起してはならない。揺り起せば、とたんに秘密は破れ、口をきく少女や口をきく禽獣は、たちまち凡庸な事物に堕するのだ。なぜならそこから、心が覗けてしまうからだ。そして心には美も秘密もない。川端文学が、多くの日本の近代小説家が陥った心理主義の罠《わな》に、ついに落ちずにすんできたのには、こんな事情がある。――これは存在に対する軽蔑だろうか？　軽蔑から生れた愛だろうか？　それとも存在に対する礼儀正しさと賢明な節度だろうか？　そこに保たれる情熱だろうか？……この二つの見方で、川端文学に対する見方はおそらく劃然と分れる。

前者の見方を固執すれば、氏の文学は反人間主義の文学で、厭世哲学の美的な画解きのように思われてくる。また後者の見方を敷衍すれば、「川端先生の小説って素敵だわ」と言う若いセンチメンタルな女性読者の、「清潔好き」の嗜好までも含めることになる。氏の文学の読者層の広汎なことは、こういうさまざまな誤解をゆるすところにあるのであろう。それはそれでいいので、いささかの誤解も生まないような芸術は、はじめから二流品である。

私の考えでは、氏の文学の本質は、相反するかのようにみえるこの二つの見方、二つの態度の、作品の中でだけ可能になるような一致と綜合であろうと思う。もしわれわれが畏敬すべきものだけを美とみとめるなら、美の世界はどんなに貧弱になるだろう。のみならず、畏敬そのものに世間の既成の価値判断がまざっているならば、美の世界はどんなに不純なものになるだろう。それならむしろ、やさしい軽蔑で接したほうが、美は素直にその裸の姿をあらわすだろう。しかし軽蔑が破壊に結びつき、美の存在の形へずかずかと土足で踏み込むようなことをしたら、この語らない美は瞬時にして崩壊するだろう。われわれは美の縁《へり》のところで賢明に立ちどまること以外に、美を保ち、それから受ける快楽を保つ方法を知らないのである。こんなことは人間の自明の宿命であるが、現実の世界では、盲目の人間たちがたえずこの宿命を無視し、宿命からしっぺ返しを喰わされている。川端氏は作品の中でだけ、この宿命そのものを平静に描いてみせるのである。

氏の作品は、一向難解なものではない。ここに選んだ諸篇について、一つ一つ解説を加えるよりも、読者の直接の味読に委せたほうがいいように思う。

そこでここには、氏の人と作品との関聯について更に知ってもらうために、以前に書いた「永遠の旅人」という一文を再録しようと思う。私はわざと改訂の手を加えずに、昭和卅一年の春に書かれたままの文章を掲げるが、それははからずもこの文章自体が、私ですら、十何年氏を知っていると己惚れている私ですら、まんまと氏に一杯喰わされた面白い記録にもなっているからである。

というのは、私は冒頭で氏の外国旅行ぎらいに触れ、氏は今後も外遊されることはあるまい、と偉そうに予言までしているが、それから間もなく氏は平然と一再ならず外国へ出かけられるようになったのだ。

（河出ペーパーバックス『文芸読本　川端康成』昭和三十七年十二月）

解説

川端康成氏について、ニイチェの言葉を借りるのは不似合かもしれない。しかしニイチェが「ニイチェ・コントラ・ワグナー」の中で、ワグナーについて言っている次のような言葉は、ふしぎなほど、川端文学に当てはまる。

「彼は実に微小なものの巨匠なのだ」

さらにニイチェは、こう言葉を継ぐ。

「ところが彼（ワグナー）はそうであることを欲しない。彼の性格はむしろ大きな壁と大胆な壁画を愛する！」

この後段は、川端文学と正に反対である。川端氏はワグナーとはちがって、むしろ「そうであることを欲し」、かつ、その性格は、「大きな壁と大胆な壁画」とを愛さない。徒らに粗大な構図を愛さない。

ニイチェが攻撃しているのは、ワグナーの観念性と虚栄心と「自分自身に対する不忠実」と、その壮大な愚かしさである。それならば川端氏は、ニイチェがかくあれと願ったようなワグナーであり、「明敏な」ワグナー、己れを知ったワグナーなのだ。

この比較をあんまり興がってはいけないが、川端文学には他にもワグナーを思わせる特色がいろいろある。死と性愛とのおそろしい合致をえがいた「眠れる美女」などには、ワグナー的あいまいさと、地の底へ引きずり込むような魅力とがあり、しかもそれがワグナー的厖大さの代りに、「微小なものの巨匠」の節度で引き締められているのである。

川端氏の明敏さがどういうものであるか、誰しも一等説明に窮するのはその点だろう。ワグナーと反対の明敏さと言えば、自分自身に対する忠実さと、己れをよく知ることとであろうが、川端氏にとっては、自分自身に対する忠実さなどは、実は何ら至上命令ではなく、仕方なしにそうなっているようなところがあり、氏にとっては正に、己れを知ることと自己放棄とは同義語なのだ。

氏の明敏さは、結果的に明敏であることに帰着し、そういう前提で眺めれば、この明敏さが得てきた最大の果実は、氏があらゆる観念にだまされなかったことだと思われる。

氏をだますことができなかった観念の数々は、列挙するだけで、あたかも百鬼夜行の如くである。曰く、近代、曰く、近代小説、曰く、共産主義、曰く、新感覚派、曰く、自意識、曰く、知性、曰く、国家主義、曰く、実存哲学、曰く、精神分析、曰く、近代の超克、曰く、思想、曰く、何々。

現存の文学者で、これらの観念のうち、少くともその一つや二つに、たとえ一時的にでも、だまされなかった人があるだろうか？　ところが川端氏は、そのどれにも、片時もだまされはしなかったのである！

ふつう明敏さは芸術行為を阻害するものなのだが、氏の場合は別だった。さめた心で陶酔を描くとき、人はその陶酔を凍らせてしまうか、それとも不当に誇張してしまうか、いずれかに陥りがちだが、氏は、そのさめた心と陶酔を同時に提示する秘術を身につけた。どんな観念にもだまされたことがないから、世上「小説の名人」の名で呼ばれながら、氏の小説は、小説という観念にも、近代小説という観念にも煩わされたことがない。「雪国」の英訳を読んだアメリカ人が、こんなユニークな小説を読んだことがない、と感嘆したのも尤もである。

それでも氏の作品が、小説独特の魅力に充ちていることも亦事実なのである。氏の制作の苦渋と背中合せになった、氏の闊達で投げやりな精神は、一つ一つの作品に、ひどく精緻でひどく放胆な、ふしぎな味わいを与える。世にも息苦しい美の世界が、直ちに、のどかな心理の落差と交わる。

川端氏は、もっとも威嚇から遠い例外的な天才であって、確実に、いつも、鬼気と清らかさとを生産しつづけてきたのである。殊に戦後の作品に見られる独特のうすら寒さ、そのきめこまやかな冷たい肌のぞっとするような魅力は、日本の敗戦の運命がこの詩人の心に深く宿ったことに発している。

「私は西洋風な悲痛も苦悩も経験したことがない。西洋風な虚無も廃頽も日本で見たことがない」（「哀愁」）

という氏の直言が、「源氏物語湖月抄」のほぼ半ばまで読み進んだところで敗戦を迎え、亡びの悲しみと、その悲しみ自体による日本人独特の慰藉について述べられたあとで、突然、放胆にあらわれるのは偶然ではない。

「僕は日本の山河を魂として君の後を生きてゆく」

という「横光利一弔辞」の最後の一句を、氏はその後忠実に実行したのである。

「美しさと哀しみと」

――一九六一年一月号より、一九六三年十月号まで、「婦人公論」に卅三回にわたって連載された。

小説家の数ある作品のうちには、その作家の主題、技法、技術的特徴、方法論のすべてが、硝子張の置時計のように、つぶさに読みとれるようにできている作品があるもので、たとえば堀辰雄氏の諸作の中での、「菜穂子」はそのような作品である。それは必ずしもその作家の代表作とは限らず、また、野心作とも限らない。何かの偶然で、作家はそういう方法論的小説を書くのである。「美しさと哀しみと」は、私見によれば、そのような小説である。

作中の男の主人公が小説家であって、小説とモデルとの関係や、小説と人生との関わり合いについて、川端氏の小説にはめずらしく、文学論らしきものが点綴されるから、そうだ、というわけではなくて、この小説から、私は川端文学の秘密の多くを実に明瞭に学んだ。だから、この作品については、私はそういう、川端氏の小説全般にわたる問題に主として触れようと思う。

川端文学がまず第一に、**抒情のロマネスク**であることは、通念にまでなっている。それは、対立する人間関係や思想に重点を置かず、むしろ人間個々の肉体の輪郭をさえぼかして、霊媒の体から出るエクトプラズムのように、原形のままの情念が漂い出し、それが或る場合は、幾ジェネレーションを通じて同じ形で纏綿《てんめん》しつつ繰り返され、ついには善悪の二元論も揚棄されて、敵も味方も、死者も生者も、一色《ひといろ》の生きる悲しみの中へ融かし込まれるというロマネスクである。そこでは悪徳もついには悲しみに、美徳もついには悲しみに紛れ入り、生ける存在のすべては、悲しみに於て睦み合うことによって、一種の歓喜にすら達する。この種のロマネスクは、川端文学に執拗にくりかえされており、この「美しさと哀しみと」などでは、これが典型的に提示されている。

次に、川端文学は**反応のロマネスク**である。これは川端文学の無構成の特色とも関わりのあるもので、物語があたかもfree-associationに拠るかのように、一つの感情によって不条理に惹《ひ》き起された第二の感情の反応のままに運ばれる。ここに、たとえば、一つの顔がある。雲のうごきのように定めなく、この顔に起った一つの表情の変化が、その恋人の顔に反応を起させ、当然、別の形の心の波紋をえがく。すると物語はいつのまにか、第二の波紋のほうへ移ってゆくのである。

このような波紋によって移りゆくロマネスクは、当然水中の藻のような、緩慢で、あいまいな動き方をする。しかしそれは予測をゆるさぬ反応のロマネスクであるが故に、窮屈な劇的必然性にとらわれることがなく、人の突然の怒りやわけのわからぬ昂奮に接してわれわれが愕かされることがあるように、突然の、思いもかけぬ結果を惹き起すことがある。それはとりわけ、作中の女性の行動において効果的であり、この効果そのものが一種の美に達することが往々にある。

これは又、**突然のロマネスク**と言い直すこともできよう。川端氏は、こういう反応による突然さばかりでなく、突然に、思いがけぬものをまず提示して、あとからゆるゆるとそれを解きほごすというような手法もよく用いる。それは世阿弥のいわゆる「花」の効果を持つこともあれば、妖気や鬼気を生むこともある代りに、時として悪ふざけに堕することもある。

具体的な例をあげると、反応のロマネスクが生む突然性が、切ない美にまで達した場面は、「石組み——枯山水」の章で、音子の素足が蛍籠を蹴飛ばすところや、そのあとで、風呂へ入ってくると思われたけい子が、いつまでも入って来ず、意外にも美しく装って出仕度をしていたところ、などに見られる。それはその間の心理描写が省かれて、飛躍があるから活きているのだが、心理分析家としての川端氏の犀利な手腕は、実に節約して用いられ、ひとたび用いられるとなると、「早春」の章で、小説をタイプする妻の心理描写などで、厭世的なほどの鋭さを発揮する。主人公の小説家は、むかしの情事をその小説を通じて、妻にありのままに知られることのほうを怖れていたのに、意外にも妻は、「たとい嫉妬に取りみだした妻」の姿であっても、自分の姿が十分に書き入れてなかったことで、深く心を傷つけられるのである。

又、故意に企まれた技巧的な突然性としては、「千筋の髪」の章の起筆で、急に大木夫妻が気がちがったのではないかと思われる、不気味な敬語濫用の会話があらわれるが、これはちょっと悪ふざけの気味はあっても、あとのほうの「機会の前髪」云々の件りまで読むと、倦怠しきった夫婦の、冷えた御飯のような悪ふざけの効果を出していることがよくわかる。

次に、川端文学によく現われる**時間のロマネスク**がある。過去から現在へ、現在から過去へと、物語が転調するとき、氏は故意にその時間の較差を、絵巻の雲のようなものであいまいに繋いでみせるのである。これが氏の小説に、妙に息苦しい時間的経過の印象と、幽暗な奥行とを与えるのであるが、その典型的な例は、「火中の蓮華」の章中、うどん屋のおばさんの回想があらわれる部分で、過去の或る忘れがたい情景の中を、読者も亦、知らない間に歩かされてしまう。この一個所にかぎらず、「美しさと哀しみと」は、全篇、過去と現在とが犯し合い、美しい色や毒々しい色をにじませ合うところに成立つ時間のロマネスクである。

最後に、**色情のロマネスク**については、もはや言う要もあるまい。

この小説全部が、「火中の蓮華」の章の、

「それは色情が不意にときめいたのに似ていた」

という一行に象徴される如く、「除夜の鐘」の章の、幼ない産婦の流す涙の一筋が、「耳の穴にはいりそうなのを」、男があわてて拭う件り、同じ章のおわりのほうの、服毒した少女を介抱する件り、「火中の蓮華」の章の、脱毛をしつこく見せるけい子の姿や、その首に音子が剃刀をあてる件り、殊に全篇をつらぬくけい子の左の乳房右の乳房に関するふしぎな物語的機巧などは、色情のロマネスクそのものである。レスビアン・ラヴの艶治がむせるように匂う「火中の蓮華」の章や、いかにも川端好みの「千筋の髪」の章の和宮の挿話などは、忘れがたい印象を残すであろう。そして例のごとく、この小説に登場する二人の男性（父子）は、あいまいで、とりすましていて、どこか冷酷で、冷ややかな影のごとき存在である。

「雪国」

――次のような順序で雑誌に連作の形で発表された。

「文藝春秋」昭和十年一月号　「夕景色の鏡」
「改造」昭和十年一月号　「白い朝の鏡」
「日本評論」昭和十年十一月号　「物語」
「日本評論」昭和十年十二月号　「徒労」
「中央公論」昭和十一年八月号　「萱《かや》の花」
「文藝春秋」昭和十一年十月号　「火の枕」

「改造」昭和十二年五月号　「手毬歌」
「公論」昭和十五年十二月号　「雪中火事」
「文藝春秋」昭和十六年八月号　「天の河」
「暁鐘」昭和二十一年五月号　「雪国抄」
「小説新潮」昭和二十二年十月号　「続雪国」

起稿から完成まで実に十三年の歳月を閲《けみ》している。これは又、E・G・サイデンステッカー氏により一九五六年英訳され、ニューヨークのクノップ社より発刊、ついでドイツ語訳、スウェーデン語訳、フィンランド語訳、イタリー語訳、フランス語訳、等が次々と出た。

昭和十二年、文芸懇話会賞を得、氏の代表的な名作の一つに数えられている。こうして国の内外から敬愛の念を鍾《あつ》めたばかりでなく、作者自身も、この作品を、「十六歳の日記」と共に、もっとも好きな作品に数えている。

河出書房版「文芸読本 川端康成」の座談会で、氏が「雪国」について語っているところを引用してみよう。

中村（光夫）「雪国」もやはり写生ですか。

川端「雪国」は写生の部分が多いのですけれどもね。美化してありますね。しかし少なくとも自然は写生なんです。モデルの人物は美化あるいは造ったところもあるのですが。

中村　主人公は男のほうはどうですか。

川端　男のほうは……

中村　だいぶ悪くしてある……。（笑）

川端　悪くしてある、引き立て役としてね。女のほうといっても、片っ方の妙な女の子がいるでしょう。あれは実在しなかったのですよ。

中村　葉子というのは……

川端　いつか花柳章太郎さんがあの芝居をやるのでね、僕にモデルを見に行くというから、場所を教えなかったのですけれどもね、探して行ったらしい（笑）。そうしてあとで鏑木《かぶらき》清方さんとの座談会をやって、花柳さんがいっているのに、「葉子というモデルの眼はいかにも光っていました」という。だれが葉子になったのかしらんけれども。（笑）

中村　現われたのですね。（笑）

川端　駒子というモデルは、幸い結婚したのです。その夫婦がまだあの温泉にいたときに、青野季吉さんがフラッと立ち寄ってみたら、その御亭主が、「見物がかなり来

ますよ」「まあ世間というのはそんなものですよ」と言ったそうです。(笑)

同じ座談会で、氏は、「雪国」は湯沢で書かれた部分が多く、湯沢ではじめの方を書いているとき、あとのことはまだ起っていなかった、と述べ、雪中の火事も実際に起ったことだ、と言っている。

「雪国」は小説として最もユニークな作品であり、小説における純粋持続の実験である。冒頭の有名な汽車のシーンを通して雪国の中へと読者がみちびかれるとき、そこですでに読者は、あの微妙な窓ガラスの反映の描写によって、感覚上の訓練を受ける。鏡の底に流れる夕景色の切なさ。「娘の顔のただなかに野山のともし火がともった時」。ここには川端文学の反現実的なあやしさが、一つの象徴としてかがやいている。ここで私が前に述べた「反応《リフレクション》のロマネスク」という言葉を援用するなら、それは心の反応《リアクション》ばかりでなく、光りと影像の反射《リフレクション》でもある。

実際この汽車の場面は、全篇の序曲のようなもので、女主人公ともいうべき駒子はまだ登場しないが、この小説のなかの「人物」とは何か、「風景」とは何か、「自然」とは何か、「事件」とは何か、という問があらかじめ提示され、ひそかに答え尽されている。それは丁度哲学書の序論で、その本で使われている各種の哲学用語が、あらかじめ、厳密に定義されているのに似ている。

だから読者は全篇を読んだあとで、はじめてこの序曲の意味に気づくのである。すなわち、駒子も葉子も、作中の人物たちは、「不思議な鏡のなか」で眺められ、「夢のからくり」のように眺められていて、読者にも島村にも、「悲しみを見ているというつらさ」を与えないこと、又、作中の風景は、一つ一つ鮮明な細部を持ってあらわれるが、やはり「夕景色の鏡の非現実な力」の支配下にあること、又、作中の事件は、たとえば結末の雪中火事に、二階桟敷から葉子が落ちても、それは汽車の窓ガラスに映った葉子の顔のなかにともし火がともるように、人間と自然とが継ぎ目なく入りまじる静かな奇蹟の瞬間に他ならないこと、などに気づくのである。だから、この小説の結末で、地上に仰向けに落ちた葉子の、失心した姿を見て、島村が次のような感じ方をするのを見ても、誰も愕かない。「島村はやはりなぜか死は感じなかったが、葉子の内生命が変形する、その移り目のようなものを感じた」

定めない人間のいのちの各瞬間の純粋持続にのみ賭けられたようなこの小説に、もし主題があるとすれば、この一句の中にある。葉子ばかりでなく、駒子の姿勢もいつもこのような主題の下にとらえられてきたのだ。それは女の「内生命の変形」の微妙な記録であり、焰がすっと穂を伸ばすようなその「移り目」の瞬間のデッサンの集成である。駒子も葉子も、ほとんど一貫した人物ですらない。一性格ですらない。彼女たちは潔癖に、生命の諸相、そのゆらめき、そのときめき、その変容のきわどい瞬間を通してしか、描かれないのである。作中に何度かあらわれる「徒労」という言葉は、こうして無目的に浪費される生のすがたの、危険な美しさに対する反語である。

氏の自然描写。それは人のいうように、ただよく描かれた美しい自然描写などというものではない。山の色の不気味な変化と、そこから来る錯覚を描いた末、突然、氏は放り出すように、こう書く。

「空と山とは調和などしていない」

真白に光る雪を映した鏡の中に、野性をたかぶらせた駒子の真赤な頬が浮んでいる。ふしぎな屋根裏部屋では、同じ女が、「蚕のように……透明な体で……住んでいる」。それらのディテールをつきあわせて、一人のキッカリした駒子の像を形づくることなどは不可能である。そして色情はそもそも全体を必要としない。

それにもかかわらず、読者が「雪国」のモデル探しに旅に出かけるほどの魅力を、この小説は十分に湛えている。全体が提示されなくても、純粋な持続が、ついには読者に自らそれを綜合する力を与える。その意味でこのユニークな小説は、同時に又、もっとも普遍的な小説なのである。

「千羽鶴」

——次のような順序で「山の音」と平行して雑誌に連作の形で発表された。

「読物時事別冊」昭和二十四年五月号「千羽鶴」
「別冊文藝春秋」第十二号昭和二十四年八月「森の夕日」
「小説公園」昭和二十五年三月号「絵志野」
「小説公園」昭和二十五年十一、十二月号「母の口紅」
「別冊文藝春秋」第二十四号昭和二十六年十月「二重星」

題名の由来をなすと思われる、千羽鶴の美しい風呂敷を持った稲村令嬢は、この小説にたった二度しか現われず、ほとんど口もきかず、青年菊治の人生とも何ら交らず、作中の複雑な人間関係とも一切無縁に、小説の後半で姿を消してしまう。結婚したと伝えられるが、それも本当か嘘かわからない。

ただ、稲村令嬢の幻を、菊治は電車の窓からちらりと見る。西日を受けた皇居前の並木通りに、ふしぎと人通りがなく、

「その並木の蔭を、桃色のちりめんに白い千羽鶴の風呂敷を抱えて、稲村令嬢の歩いて行くのが見えるように、菊治は思った」

この美しい清らかな幻は、作中の物語が醜い地上の因果の糸に縛《いまし》められて運ばれるのに、

その空高く、千羽鶴のように飛翔している。本筋と一見関係のないこういう題がつけられているのは、それ自体、一種の古典的技巧である。

「千羽鶴」は、川端氏の擬古典主義様式の一つの完成品であり、谷崎潤一郎氏なら、「盲目物語」や「蘆刈」の作品系列に該当するものだ。作中、もっとも活々と描かれているのは、胸に痣《あざ》のある悪性《あくしょう》の女ちか子であるが、それさえ王朝の物語に出てくる性《しょう》わるな命婦《みょうぶ》のようで、菊治という青年にいたっては、今どきの青年とも思われない。このまことに落着き払って、官能に身を委せる無色透明な青年には、「暗がりで寝そべって、蛍など見て」いるときに、光源氏の面影が添うてくるのである。菊治の父の女であって、のちに菊治の女にもなる太田夫人が、菊治の婚約をきいて服毒自殺をするその物語的情趣、太田夫人の娘が最後に又、母の罪を身に負うて菊治と契り、生死を危ぶまれるままに終る結末など、悉く王朝風である。

しかしこの小説の面白さは、巧まずして、日本的風雅の生ぐささの諷刺になっているところだと私は思う。茶会は俗悪な女茶人ちか子によって催おされ、見合の席にも使われ、茶道具についての美的知識は、実はちか子にとっては俗な職業的知識に他ならず、菊治に押しつける縁談がうまく行かぬとなると、彼女は茶道具の処分に暗躍する。その茶道具の一つ一つが、醜い情事を秘めて伝承され、また太田夫人の形見の志野の茶碗には、夫人の口紅のあとが、罪のあとのようにしみついていて、いずれも小説の小道具として生ぐささにおいて申し分がない。

茶道における ひどく俗なもの、茶道具の授受や鑑賞にまつわる秘められたエロティシズム、……美的形式を経ているために、ただの人間関係よりも、さらに深く澱んで生々しい肉感的な人間関係を暗示する、そういう日本的美学独特の逆説を、「千羽鶴」は抜け目なくロマネスクに仕立てている。それがこの小説を、ただの唯美主義の作品以上のものにしているのである。

「眠れる美女」

——一九六〇年一月号より六月号まで、一九六一年一月号より十一月号まで「新潮」に連載された。

これは氏の中篇のうち、最も構造布置の整ったものであり、氏の近業を代表する傑作である。

これを最初に読んだ読後感は今も忘れないが、沈没した潜水艦の艦内で、刻一刻、酸素が欠乏してゆくのを味わうような胸苦しさは、それに近い作品を思いうかべてみても、辛うじてカフカの小説が比べられる位であった。秘密クラブの密室に終始するこの小説は、それ自体が精神の閉塞状態のみごとな象徴をなしている。小説家としての川端氏の地獄を思って、私は慄然とした。

しかし、ここに現われている主題は、よし極端な形をとっていても、川端文学の読者にとっては、決して目新しいものではない。小説「禽獣」にあらわれていた愛の形も、初期からたえずくりかえされてきた少女嗜好も、結局ここに帰着すべきものであった。処女も小鳥も犬も、自らは語り出さない、絶対に受身の存在の純粋さを帯びて現われる。精神的交流によってエロティシズムが減退するのは、多少とも会話が交されるとき、そこには主体が出現するからである。到達不可能なものをたえず求めているエロティシズムの論理が、対象の内面へ入ってゆくよりも、対象の肉体の肌のところできっぱり止まろうと意志するのは面白いことだ。真のエロティシズムにとっては、内面よりも外面のほうが、はるかに到達不可能なものであり、謎に充ちたものである。処女膜とは、かくてエロティシズムにとっては、もっとも神秘的な「外面」の象徴であって、それは決して女性の内面には属さない。

川端文学においては、かくて、もっともエロティックなものは処女であり、しかも眠っていて、言葉を発せず、そこに一糸まとわず横たわっていながら、水平線のように永久に到達不可能な存在である。「眠れる美女」たちは、こういう欲求の論理的帰結なのだ。

当然ここには、「雪国」の女の生の烈しいゆらめきは見られない。次のような、解剖学的な愛撫の描写の怖ろしさを見るがいい。

「江口の指にふれた娘の歯は、指にほんの少しねばりつくものにぬれているようだった。老人の人差指は娘の歯ならびをさぐって、脣のあいだをたどっていった。二度三度行きつもどりつした。脣のそとがわのかわき気味だったのに、なかのしめりが出てきてなめらかになった。右の方に一本八重歯があった。江口は親指を加えてその八重歯をつまんでみた。それから歯のおくに指を入れてみようとしたが、娘のうえした の歯は眠りながらもかたく合わさっていてひらかなかった」

これは肉体玩弄のゆるやかな速度において、どんな愛撫の速度とも似ても似つかぬものだ。それは性愛の運動のリズムに応じた愛の行為ではないから、綿密な認識行為に似ていて、そのために言葉の積み重ねと、反生理的なスローモーションとは、みごとに符節を合して、小説の進行速度自体に異様なほどリアルな息苦しさを与えている。

六人の娘の書き分け方も実に独特なものである。小説家が性格の書き分けの手がかりにする会話や、身の動かし方や、目のかがやきや、衣裳や、あらゆるものが剝ぎ取られてしまったところで、個々の肉体が厳然とその生活と人生を秘密に内に包んで、ただ玩弄の対象としてあらわれ、それを白い画布のようにして、江口老人は思うがままに自分の過去の幻影をえがくのだが、同時に、個々の肉体はそのたびに、決して代替されないその個々の魅力で新鮮な感動を与える。それは個性というようなものではない。女の具体的な肉が、男の抽象的欲求の前に、そのたびにもっとも本質的な力で立ちふさがり、それを阻害するのだ。下唇の厚さのちがい、首の細さや長さのちがい、肉体の各部のどんな微小なちがいも、この具体性としっかり結びついている。「眠れる美女」の女体描写は、かくて、もっとも老練な彫刻家の観察に匹敵するものだ。

決して働きかけて来ないもの、不動なものへのエロスの嗜好が、ついには屍姦の幻影に到達するのは自然である。この小説の末尾で二人の娘と寝る江口が、その一人の死を発見しておどろくとき、礼儀正しい女将は、

「もう一人おりますでしょう」

と言う。

この平然たる言葉は、エロスの側から人間主義へ投げかけられたもっとも痛烈な一句である。私はこの小説を、一つの思想的な作品だとさえ思うのである。

サルトルがジャン・ジュネ論の第二部「美による救済は可能か」で言っていることは、この小説に対して適切に当てはまるのみならず、ひろく川端文学全体の性格を暗示しているように思われるので、左に引用しておこう。

「審美主義は美への無条件な愛から由来するものでは決してない。それは怨恨から生れるのだ」

「美とは仮象《みかけ》でもなければ存在でもなく、一つの関係なのだ。すなわち存在から仮象への変成作用そのものなのだ」

「美とは眼に見えるものを見ることとの不可能性そのものであり」

「美は（詩とは）反対に空無《ネアン》の勝利をあらわす。詩の場合には、存在が圧倒するが、美の場合には存在は軽くなり、空虚なひびきを発し、その圧力は減ずる」

「美は充足させないで、空洞をつくる。それは否定性のもつ無気味な相貌なのだ」

「悪は存在の破壊を企てる。そして悪がこの破壊行為を存在の力を借りずに遂行しようとするならば、つまり悪が秩序や理性と馴れ合いをせずに力を発揮しようとするならば、悪は美に変ずる必要があるだろう。美とは想像上の世界の組織化のための法則であり、想像界に於いて秩序を確立し、善たることなしにその部分を全体に従わせる唯一の法則である。悪とは憎悪の眼で垣間見られた美に他ならず、審美者の美とは秩序の力としての悪である」（平井啓之氏訳）

「十六歳の日記」の、一見素朴に見えて実は冷徹な少年の目に、氏の小説家の出発を見出す読者は、その後、「伊豆の踊子」の主人公のうちに、或る幼なさや甘さや清らかさへの、むしろ積極的な意欲を見出す。そのような意志された生のかがやきと死との接点は、「抒情歌」や「イタリアの歌」に、表裏して、まばゆい光りを放つ。

いずれも、

「あなたはどこにおいでなのでしょうか」

の一句を冒頭と結末に置いている「反橋《そりばし》」「しぐれ」「住吉」の連作は、「梁塵秘抄」の幽《かす》かな讃仏歌を主題にしているが、戦後間もなく（昭和廿二年十月「反橋」、廿四年一月「しぐれ」、廿四年四月「住吉」）これらの作品が現われたときの、清澄な感じは忘れがたい。そこには生のもっともひそやかな吐息が、秋の蟋蟀《こおろぎ》のような音色で語られ、戦後の騒音をつらぬいて、それが少数者の耳にあらたかに届いたのであった。私が氏の真の偉大さに目ざめたのも、そのような時期であった。

（中央公論社『日本の文学38川端康成集』　昭和三十九年三月）

川端康成ベスト・スリー――「山の音」「反橋連作」「禽獣」

　この原稿を引受けてから書くまで、私の頭はずいぶんいろいろに変転した。とにかく、「山の音」は、作品自体の価値からしても、世間的評価からしても、ベスト・スリーの首位を占めるだろう。それは当然としても、そのあとに、すぐ「雪国」「禽獣」あるいは「雪国」「名人」、あるいは「名人」「伊豆の踊子」というふうに素直につづけることが、つむじ曲りの私には、どうしてもできない。「雪国」を入れるか入れないかでも、ずいぶん迷った。しかし結局、この題のような三つになった。これでとにかく私の我を通してせいせいした。

「反橋《そりばし》連作」などと書くと、知らない人は、人の名前かと思うだろう。「時任謙作」というのもあることである。しかしこの題は、私のずるいやり方で、実は「反橋」と「しぐれ」と「住吉」の三編からなる連作である。それを一緒のようにごまかしたのである。もっとも、川端氏の長篇は、連作のような形で書かれたものが多いから、こんな私のごまかしは、それほど不当でもあるまい。

「反橋」は昭和二十二年に、「しぐれ」は同二十三年に、「住吉」は二十四年に書かれ、三編とも、冒頭と末尾の一行が、梁塵秘抄の「仏はつねにいませども」を踏まえた「あなたはどこにおいでなのでしょうか」という、全く同じ一行である。いずれも、半切《はんせつ》の茶掛《ちゃがけ》のような味の名品で、なかんずく「しぐれ」が優れている。

王朝の古典に近づいて何ものかを吸収した近代作家はかなりあるが、中世文学の秘められた味わい、その絶望、その終末感、その神秘、そのほのぐらいエロティシズムを、本当にわがものにした近代作家は、川端氏一人であろう。

「反橋」の連作は、深く中世的なもので、戦後のあわただしい時期に、これらが書かれたことは、氏の精神の異様な孤独をうかがわせる。「山の音」の母胎を、私はこの連作に見る。氏は「山の音」から「反橋」の連作を通じて、はじめて、古典の血脈にふれ、日本文学の伝統に足を踏まえた、と私は見る。「雪国」には、なお、近代主義の残滓がある。思えば、敗戦は若い世代のみか、こうした年齢の作家にとっても、自己の変革の機会だったのである。

「禽獣」（昭和八年）をとるについては、その周辺に、「抒情歌」や「イタリアの歌」のような好短篇が、目にちらちらした。むしろ「抒情歌」をとれば、氏に喜ばれただろう。しかし「禽獣」については、作者自身、しばしばおさえきれぬ嫌悪の念を表白している。作者自身にこれほどいとわれる作品は何事かでなければならぬ。

　このあからさまな禽獣の生態と、女の生態とが、しばしば重複する幻覚として描かれた短篇の中では、女はイヌのような顔をし、イヌは女のような顔をしている。作家が自分のうちに発見した地獄が語られたのだ。こういう発見は、作家の一生のうちにも、二度とこんなみずみずしさと新鮮さで、語られる機会はないはずである。以後、川端氏は、禽獣の生態のような無道徳のうちに、たえず盲目の生命力を探究する作家になる。いいかえれば、極度の道徳的無力感のうちにしか、生命力の源泉を見出すことのできぬ悲劇的作家になる。これは深く日本的な主題であって、氏のあらゆる作品の思想は、この主題のヴァリエーションだと極言してもいい。「禽獣」は、だから、川端氏の思想を論ずるためには逸すべからざる一編である。

「山の音」については、もはや贅言を要しまい。その美と鬼気と芸術的完璧さは、すでに巷間周知の事実である。

（「毎日新聞」昭和三十年四月十一日）

無題（川端康成著「みずうみ」広告文）

これは、川端氏が草双紙風の筋立てで書いた、華麗な暗黒小説だ。美少女の腰にゆらめく蛍籠の仄明《ほのあか》り、みずうみに映る対岸の夜火事の火……、美的な官能的な関心と、悪への関心とが、桃井銀平という奇怪な男の中で、あわただしく手を携えて、彼をして神出鬼没せしめる。この男の妄念にみたされた目に映る世界には、何一つ不可能なものはない。現実の障壁を完全に取去った幻妖な物語世界が出現する。

（「朝日新聞」昭和三十年四月十六日）

川端氏の「抒情歌」について

此度「抒情歌」その他を併せた創作集「雪国」が再刊されたのを機会に、清麗たぐいない短篇「抒情歌」について、若い世代へ紹介の文を綴りたいと思った。昭和七年に書かれたこの作品は当時の定評によって未来へ受け継がれるのであろうが、今日それらの定評を知らない世代へ何の紹介もなしに与えられているばかりに、そのあまりにも透明な気高い美しさがともすれば看過されはしないかと気遣われたからである。

「禽獣」によくそれが表われているが、往昔の禅僧に見るような対象をぴしりと打ち据える虚無の眼光は、川端氏の所謂「末期《まつご》の眼」となって殆んど苛責なきが如くである。女体は忽ち時計の内部のような心情の骨骼と臓腑を露わにする。しかしこの光線は蔭影という蔭影を失わせる明らさまな照明ではなく、微妙な影はそれを却ってくっきりと人の目に示してくれる。単なる描写の特技ではない表現の特異性でもない。

川端氏が禅僧とならず作家となった宿命がそれにまとわりかすかな苦渋の翳を伴って匂い出ている。即ち造物主のあの無慙な愛情がこうした眼光の反映で自身の内をも味気なく照らし出させ、花や少女や小鳥の亡骸が灰白色に累々とかさねられた荒涼たる風光を展開せずには措かぬのである。しかしそれほど文学の営為は空しいものであろうか。作家の眼が生命をとらえることが強ければ強いほどさまで生命の飢渇に苛まれねばならぬのであろうか。

氏ほどあらたかな生命におののきを感ずる作家はあるまい。ある鮮やかな生命の動きに氏の眼差が据えられると、対象と共に氏の生命は己れを空しくして揺れはじめ踊りはじめる。対象が空っぽになる——形骸になり終るまで。美の切ない凝視が金属的に硬化してしまわずに、ゆらゆらとその身に乗りうつって、人目には円融無礙《むげ》の自在な力を与えるのだ。時にそれは魔術とすらみえる。

泉鏡花を例外とすればうるさい心理的手法を俟たずして過現未を自由に往来しうる才能は、明治以来川端氏を措いては求められない。それにしても己れも共に踊りだすかかる生命への嗜慾が、氏のどこから溢れ湧き立つのか？「虚無のありがたさ」を覚えるためになぜかくも燃える生命の底を通ってゆかねばならないのか。その生命の経由が問題なのである。氏の如き凝視はたえず刺客に狙われる。かかる危険への身の挺し方には情熱以上のものがなければならぬ。それはついに業となった火遊びであろう。たとえば「抒情歌」の「これはありがたい抒情詩のけがれであります」という身の背け方に必死なもの険しいものをさえ我々は発見する。

氏は何へむかってかくも鋭く身を背けるのであろうか。一応の結論はどんな場合にも可能である。或いは氏の生命への嗜慾は過度に透明な自我が自己に脅えて自己を滅ぼす火を探しもとめる手附であろうもしれぬ。それは傍目に単なる生命との戯れとみえるのかもしれぬ。このような荘厳な戯れにあっては、全く自我が虚しくみだる刹那——氏自身の存在が植物的なものになったかのような刹那がある。氏ほど自我の在り方が屈折している作家も少ない。志賀直哉の殆ど非文学的な自我の表出との比較が、この場合何らかの示唆を与えるにちがいない。茲にはただ問題を提起するに止《とど》めておこう。

「抒情歌」に於て発見された心霊の主題こそ、このような氏の遍歴がかりそめの宿りを定めた他ならぬ一樹の蔭であったのである。翌年の作「禽獣」に於て「彼は自分もなにか甘いものを見つけなければと、なぜだか胸苦しくあわて」る姿勢は「抒情歌」の記憶を暗示するものかもしれない。——「甘いもの」——。いうまでもなく氏は妥協を欲しているのではない。「ありがたさ」という言葉を率然と使って何の不自然もない。他人を救いたい、他人に魂を預けてしまいたいという虚しさの果てにほっと己れをいとおしむ溜息である。

それが「甘いもの」「ありがたさ」という言葉を仮に装うのだ。仮の装いといいながら肺腑を貫いたその溜息で、作者自身は決して救われていはしないのだ。このような作者であったからこそ、心霊の主題は黙契のやさしさで寄り添うて来た。「抒情歌」は作者自身の暗示療法とも見られるのである。

ここに描かれるものは川端氏の懐する無何有《むかう》の郷《さと》である。人間の女の微細な変様を、水に映る影を書きとめるかのように、不可能なまでに妖しく生々しく写し取った作者が、ここでは輪廻転生の叙情をうたって作中の恋人をして一茎の花への転身を冀《ねが》わせるのだ。技巧というメカニズムの匂いが全くうかがわれぬ鏡花以上の変幻自在さと、明治の女のようなきりりとした着附を思わせる文体とで、氏はこの霊内への手紙、というよりりつつましやかな独白を書いた。かような真昼の幻想は我国では稀に見るところだ。殊にそれが日本の風土に深く根ざしているものだけに。

谷崎氏の「陰翳礼讃」に俟つまでもなく、日本の上にはアジヤの巨大な夜の裳裾《もすそ》が引かれ、纏綿《てんめん》として尽きない夜の支配が繰展《くりひろ》げられている。しかしそれは壮大な重い冷たい夜ではない。宝石の硬度を有《も》った夜ではない、愛蘭土《アイルランド》の作家における TWILIGHT のような、優柔な朧《おぼ》ろげな入江のような夜だ。そしてそれが我が過去の文学の隅々《すみずみ》まで忍び寄り巣喰うている。中世のお伽草子の世界は手筥《てばこ》の中の夜を思わせるが、江戸の狭斜文学の伝統を承けた紅葉鏡花にもあの密度の濃い近世の夜が沈澱しているのを見出すことができる。伝来の作家の悲しみは残る隈なくその身に受け継ぎながら、川端氏ははじめて真昼の神秘の世界を拓いた。小泉八雲が「東洋の希臘人《ギリシャ》」と呼びなした日本人のよき面を、当時そう呼ばれて直ちに自覚し開拓した作家はなかったのだ。いわば簡勁素朴にして豊かな情緒と包容力を兼ねそなえた真昼の精神である。そこでは理智も霊感も同じ白光のもとに照らし出され、凡ゆる悲劇が破滅と妥協のいずれにも与しない超自然な健やかさを具えるに至る。ここに於て神秘ははじめて本然の神秘そのものであることができる。

しかもこのユウトピア（その言葉）自身が一つの逆説であるかの物語は、抽象と壮大さを遥かに離れて微風のような悲しみに包まれ肉体のかげにひっそり息づいているかのようだ。明らさまな心理の詩である前に、思いふかい身の音楽である。ふと触れた琴が立てる天界の妙音にも似た気高い響きは金属的な抽象化された心理の上には生れず、潔《きよ》らかな身に守られて伝わるのだ。作家として間断なく身に触れつつその奥に宿る朧ろげな神の肉体を触知するとは何という高らかな営為であろう。微風のような悲しみの触媒により霊と肉とは、超自然なさりげなさで一致し婚姻する。霊肉一致という痛ましい努力で追いまわされた理想はこうした童話めいた明るさ豊かさの真昼の一刹那《いっせつな》に、ふと叶えられてしまうものではなかろうか。

とまれ「抒情歌」のなかで川端氏は「禽獣」におけるよりも切実に自己の童話を語った。そして人も知るように、童話とは人間の最も純粋な告白に他ならないのである。

（「民生新聞」昭和二十一年四月二十九日）

「夜のさいころ」などについて

この作品集に収められた短篇小説は、いずれも作者自身から殊更深く愛されている幸福な作品であると思う。「夕映少女」にやや色濃くえがかれている特異な女性お栄をのぞけば、その「夕映少女」の阪見少女も、「母の初恋」の雪子も、「夜のさいころ」のみち子も、「ゆくひと」の弘子も、「騎士の死」の二人の少女も、「年の暮」の千代子も、「寝顔」のA子B子C子D子も、そろいもそろって純潔な少女であり、この作者の全作品をつらぬく主題の象徴である。嘗て内面が窺い知られたことのない生の或る現われが、川端さんの作品の大事な主題であり、川端さんが軽々に心理の沼へ足を踏み入れられることのない一つの純潔な決心の象徴のようなものでもあると思われる。「文学的自叙伝」という昔書かれた文章で、「好奇の触角を繊弱な物見車に乗せて人生も文学も素通りして来た。素通りのありがたさというものについては、いささか知るところもあるが……」という一節などに、こういう決心のひそかなそして薫り高い操持が語られている。人は内面へ入るとき、いかに多くのものを失ったかに気づかない。その失われたものを、川端さんはしばしば「こころ」という優しい言葉でとらえて来ておられる。それをとらえる力は、啻《ただ》に感覚というようなものではない。日頃は死んでいるように見えるわれわれのいわば絶対的な生が、少女や花や小鳥のような「生それ自身」――いわば絶対的な生――に行き合うときに、覚えずにはいられぬ瞬間のまぶしさ、これにつづく何事をも願わない清冽なためらい、そういうものから生れ出てくる力かと思われる。時として私たちはそういう絶対的な生をも、相対的な生の物差で割り切ることを理性と考え、自分が揺ぐまいとする努力ですべてを失う。しかし川端さんの文学の態度は、たえず無偏なものをうけ入れる仕度をしている。いわば虚しさの裡にあふれた待つことの充溢であり、虚空にふりそそぐ美酒を待ち設けてさし出された盃であり、神々の饗宴にそなえた純白な卓布のようでもある。それはまた今のような雑然たる時代との対照に於て、リルケが羅馬《ローマ》の或る庭園で見たあのふしぎなアネモネの花を思わせるものがある。

この作品集のうち、「母の初恋」と「夜のさいころ」と「年の暮」は、昭和十六年刊行の短篇集「愛する人達」に収められていた。「母の初恋」は、母の思いが神秘な力で娘の生《いのち》をぐって伝わってゆくという物語で、その主題は「夜のさいころ」や「騎士の死」

とも関わりがある。そして「夜のさいころ」ではその主題がいちばん純粋な無為の形にまで高められており、さいころの目を思うがままに出してみせた母の手業《てわざ》は、やがて娘の手で五つのさいころが一ばかり出る「美しい花火」のような奇蹟を成就させるよすがとなるのである。この奇蹟の語られ方の簡素な正確さは、古い宗教的な説話が持ったであろう迫力に伴われて、受胎告知の静けさに近づいている。「みち子の全身には、なにか神聖なよろこびがあふれていた」と、その前のほうでも作者は周到に書いておられる。

「母の初恋」では、「母の死の章に作者の愛着がある」旨を、川端さんは嘗て書かれたことがある。そこのところの少女の可憐さについてであった。「雪子はまた溝の縁を歩くのである。『真中を歩けよ。』と、佐山が言うと、雪子はびっくりして、ぴったり寄り添って来た」――ここは大事な数行かと思われる。「雪子はびっくりして……」。そうだ。彼女は何も知らず何も意識していないのである。溝の縁を歩くという、彼女の生い立ちと運命とがそれから残らず読みとられてしまうような悲しい癖も、「われしらず」していることであれば、一方、吃驚《びっくり》して佐山にぴったり寄り添って来ることも「われしらず」なのである。溝の縁と佐山との二つの運命のあいだにぽつねんとこの可憐な少女が置かれており、その彼方には星のように死せる母の眼が夜の奥から娘の運命をみつめているのである。こうしてこの作品の象徴の鍵が簡素な構図によって示される。中世の象徴画めいた神秘な構図は、

（作者がそれを意識しておられるかどうかは別として）川端さんの作品にこれまでしばしばあらわれている。最近のものでは「再婚者の手記」や「続雪国」にも私はそれを見た。「夕映少女」にもそれがある。お栄と春子と「二つの生活の絵がいろいろと瀬沼の頭に浮んで来た。そうしてその二つのものの上に、阪見家の少女が天女のように高く輝いていた」――これらの瞬間において、読者は活人画《タブロオ》の美を味わい、人間のいのちが更に高いものの端麗な秩序とかかわりあい、その一つ一つの目に見えぬ微妙な静止から霊的な光りを放つに至る消息を知るのである。

「夕映少女」は、私の考えでは、「禽獣」の主題の明確な発展のように思われる。この小説では、お栄の体に作者の目が喰い入っているようでいて、実はそれよりも、お栄の目に作者の目が喰い入っている。「禽獣」の主題が客観性を得た、と簡単に言うべきでなく、さらに錯綜して苦しみを増したのである。お栄の性格の秘密は、それがお栄にとって、（あたかも「母の初恋」の雪子やその他の少女たちにとってそうであったように）無意識なものである限りにおいて、作者の目をのがれることはできない。しかしお栄の秘密が作者にとって既知のものであり、意識されている限りにおいて、お栄の目には作者の目が憑いて来るのである。なぜなら作者の目は、少女や禽獣のような作者にとって未知で不可知である「いのちの核心」「いのちそれ自体」以外のものに対しては、多かれ少なかれ、それらのもつ眼差に苦くいたいたしく混って来るならわしだからだ。そしてこの「夕映少女」では、お栄を通じて、「禽獣」の苦痛が二重の苦痛になり、ある意味では救われ、ある意味ではますます救いがたくなっている。お栄はそれ自身一匹の「禽獣」でもあるからである。

「ゆくひと」は、前述の三篇に比べると、きわめてささやかな、小さな水晶の耳飾りのような小品である。しかも浅間の噴火が、無機質の生命（と謂おうか）の遣瀬ない怒りをたえず投げかけて、齢《よわい》ようやく思春期に入った少年の苦しみと呼び交わしている。この小説をよみながら、自分の肩に、誰しもこの少年の年頃に夢みたであろう一人の年上の娘の掌の柔らかさと温かさを感じ、更におののく自分の少年期の肩のかよわさをありありと思い起さない人があるならば、その人は川端さんの文学の十分の読者とは云えない。最後の行の純潔な怒りはましてわからない。

「騎士の死」は、川端さんの作品にはめずらしく、北欧や中欧の匂いのする小品である。人事が抽象化されて、愛がつらぬいている時間の透明さの奥には、幾何学的な白い端正な階段がみえる。そこをじゅんじゅんに死せる人たちの追憶が下りてくる構成になっている。

「憎しみの一瞬間」で人を愛するために凡《すべ》てを賭けるはげしい父の生き方は、川端さんの主題の一つでもある。

「年の暮」はエッセイ風な小説で、川端さんの芸術論をきくと共に、その語られる方法に耳を澄ます必要があろうかと思われる。この作者の「こころ」は、言葉の字面からよりも、言葉を組み立てている糸の張りや、その糸が弾かれて立てる音からひびいて来る場合がままあるからである。

そして「寝顔」の、失われた時代の風俗と初日《はつひ》に染められてゆく踊子の美しい寝顔から、私たちはこの作家の・悲しみのうちにも潑溂とした・或る健康なヴィヴィッドな精神の鼓動を聞き、ふしぎに日本的な湿り気のない・高原の空気のように乾いた・いわば「悲しみと高貴な交際をなしうる陽気さ」の天性を見出だすのである。

（浪漫新書『夜のさいころ』昭和二十四年一月）

「伊豆の踊子」「温泉宿」「抒情歌」「禽獣」について

新潮社版川端康成全集は第一巻に「伊豆の踊子」を、第二巻に「温泉宿」を、第四巻に「抒情歌」と「禽獣」を収録している。

「伊豆の踊子」は、もっと長い草稿の一部分であったことが、全集のあとがきにも記されている。これは偶然この作家の小説技術を暗示する面白い挿話で、すでに「十六歳の日記」に見られるような、作者の目に映った現実のどの部分を截断しても作品の構図ができあがるという稀な天稟《てんぴん》の証拠物件がここにも見られるのである。「伊豆の踊子」は構図としても問然するところのないもので、断片《フラグメント》という感じを与える作品ではない。方解石の大きな結晶をどんなに砕いても同じ形の小さな結晶の形に分れるように、川端氏の小説は、小説の長さと構成との関係について心を労したりする必要がないのである。これは実は純粋に選択され限定され定着され晶化された資質の、拡大と応用と敷衍《ふえん》の運動の軌跡であって、問題はこうした魔術的な内的普遍性をもった資質が、どんな風に発見されたかという微妙な経過、ならびにその発見の能力の花ひらいて行った過程にある。「伊豆の踊子」はこれを跡づけるために最も適当な作品であって、たとえば川端氏の全作品の重要な主題である「処女の主題」がここに端緒の姿をあらわす。

「髪を豊かに誇張して描いた、稗史《はいし》的な娘の絵姿のような感じだった」

「子供なんだ。……私は朗らかな喜びでことことと笑い続けた」

「昨夜の濃い化粧が残っていた。唇と眦《まなじり》の紅が少しにじんでいた」

「踊子は料理屋の二階にきちんと坐って太鼓を打っていた」

これらの静的な、また動的なデッサンによって的確に組み立てられた処女の内面は、一切読者の想像に委ねられている。川端氏はこの「処女の主題」のおかげで、氏の同時代の作家が悉く陥った浅墓な似非《えせ》近代的心理主義の感染を免かれるのである。世間ではこれを抒情というが、「伊豆の踊子」の終局に見られる「甘い快さ」がどうして抒情であろうか。これはむしろ反抒情的なものだ。まるでこの見事な若書《わかがき》の小説は、「甘い快さ」だけではこのような作品が成立しないことの証明として書かれたようなものだからだ。若書と私は言った。「伊豆の踊子」は日本の作家が滅多にもたない若さそれ自体の未完成の美をもっているが故に、（もし若書という言葉に善い意味がつけられるものなら）、決して作品の未完成を意味しない真の若書ともいうべきものだ。

処女の内面は、本来表現の対象たりうるものではない。処女を犯した男は、決して処女について知ることはできない。処女を犯さない男も、処女について十分に知ることはできない。しからば処女というものはそもそも存在しうるものであろうか。この不可知の苦い認識、人が川端氏の抒情というのは、実はこの苦い認識を不可知のものへ押しすすめようとする精神の或る純潔な焦躁なのである。焦躁であるために一見あいまいな語法が必要とされる。しかしこのあいまいさは正確なあいまいさだ。

ここにいたって、処女性の秘密は、芸術作品がこの世に存在することの秘密の形代《かたしろ》になるのである。表現そのものの不可知の作用に関する表現の努力がここから生れる。「抒情歌」の神秘主義はこうした性質のもので、「抒情歌」が氏の全作品の重要な象徴の位置を受け持つ所以もそこにある。

因みに「伊豆の踊子」の南伊豆の明るい秋の風光は、掌篇小説「有難う」の中にもたぐいまれな美しさで再現されているから、併読されたい。

「伊豆の踊子」は大正十一年―十五年の作品であるが、「温泉宿」は昭和二年に書かれている。晩夏から冬にかけての、宿の女中と酌婦たちの流転をえがいた複雑きわまるこの小説は、逆に大ぜいの女の運命の変転を単純な季節感によって截断した作家の目に、「伊豆の踊子」の作家の成長を見てもよい。季節はただの意匠として用いられているのではない。蕉風開眼の俳諧の真意がそこにあるように、季感は、人間の流転を最も単純な強靭な目でとらえるための唯一の手がかりなのである。そしてこの単純な截断を可能にする無頓着《ノンシャランス》あるいは嫌悪の裏に、作中人物の運命と芸術家たる作者の運命とのイロニカルな対比の深さがあることによって、表現された単純さは無限に豊かなものになる。その主題の最も苛烈な展開が、昭和八年にいたって名作「禽獣」を生んだ。

「禽獣」には小説家という人間の畜生腹の悲哀が凄愴に奏でられている。この作品は純然たるアレゴリイとして読むほうが、作者の制作心理に触れやすい読み方ではないかと思われる。たとえば、自分の生んだ作品を眺める作家の目を想像しつつ、次の一節を読んでみるがいい。

　この犬は今度が初潮で、体がまだ十分女にはなっていなかった。従ってその眼差は、分娩というものの実感が分らぬげに見えた。

「自分の体には今いったい、なにごとが起っているのだろう。なんだか知らないが、困ったことのようだ。どうしたらいいのだろう」と、少しきまり悪そうにはにかみながら、しかし大変あどけなく人まかせで、自分のしていることに、なんの責任も感じていないらしい。

この犬の眼差と、自分の生んだ作品を眺める作家の眼差とは、考えうる限りのもっとも見事な、もっとも残酷な対比である。作家は本来この犬の眼差をもつ権利があるというのが、作者の絶望的な夢想であるように思われる。犬の眼差は、もしかすると造物主の眼差ではあるまいか。造物主はこんなあどけない無責任な眼差で、自分の造り出した人間を見たのではあるまいか。それは人間存在の意味をたずねる時に、陥らねばならぬ怖ろしい懐疑である。芸術家は人間の眼差をもって生れたことに呵責を感じる。本来彼はこの犬の眼差をもって生れて来る権利があった。そうすれば制作はどんなに容易でありどんなに苦しみを伴わない純粋な営為でありえたことか。制作に携わる以上、そういう眼差をもつことは当然の権利ではなかったろうか。それにもかかわらず、作家にはなお人間の目が課され、その目を以て事物を見詰めなければならぬ。芸術家はこうした存在の二重性に悩み、しかも一方を捨離することは芸術家としての死なのである。

「禽獣」に漂う厭人癖は、いつも嘔吐を伴っている。人間嫌悪はおのれにむかい、制作をして危殆に瀕せしめる。このような切迫した危機に生れた作品は一種の不幸な奇蹟でもあり逆説的な僥倖でもあるが、「禽獣」がなお書かれえた神秘の根は、すでに前年（昭和七年）の「抒情歌」において、豊かに明朗に語られているのである。

私見によれば、「抒情歌」は川端康成を論ずる人が再読三読しなければならぬ重要な作品である。

この明治の女のきりりとした着附を思わせるような文体によって描かれた真昼の神秘の世界は、川端氏の切実な「童話」であり、童話とはまた、最も純粋に語られた告白である。氏のように自我の在り方が屈折している作家は、却って「禽獣」のような作品では、告白を成就せずに寓喩《アレゴリイ》を成就してしまうかたわら、「抒情歌」の如き作品で、あたり憚らず告白して倦まないのである。志賀直哉氏の或る種の作品に見るような殆ど非文学的なまでの自我の露出との面白い対照である。「抒情歌」では、作者の生命への嗜慾《しよく》が自我の滅失（心霊）を通じて語られており、自我によって保持される今生《こんじょう》の生命の責任が、「ありがたい抒情詩のけがれ」と観られている。

われわれはすぐさまウイリアム・ブレイクの「無染の歌《ソングス・オブ・イノセンス》」を想起する。完全な童心で歌われたあの最高の詩篇のかずかずを想起する。幼時ブレイクは、大ぜいの天使たちが木蔭に集い、歌をうたいながら燦爛たる翼を動かしているのを見た。また彼はわが家に近い野原に予言者エゼキエルの休んでいるのを見たと云って母に打たれた。ブレイクが母に打たれたように、こうした懲罰が川端氏にも芸術家の烙印を捺したのである。

あなたの傍に眠っていました時、あなたの夢をみたことはありませんでした。

愛とはそういうものだと作者はきわめて現世的に語っているのである。人間の傍らに眠っている時、われわれは人間の夢を見ない。夢のない眠りの中から、いかなる表現が可能であろうか。もし可能でないとすれば、愛は表現されえないものであろうか。「抒情歌」の女主人公の不可思議な心霊学的才能は、この愛を語り、この愛を視、この愛を表現しなければならなかった女の悲劇なのである。しかも恋人の死の知らせは女を訪れない。……予知の才能。その才能の地上に占める完全な無価値。それにもかかわらず、はっきりと目に映ってしまう第五緑丸と船尾に誌された汽船の幻影……。

——ここに至って私は作品解説の当然の不可能を味うのだ。

（新潮文庫『伊豆の踊子』 昭和二十五年八月）

解説（川端康成著「舞姫」）

小説「舞姫」の登場人物は、バレリーナの母子《おやこ》波子と品子を中心に、波子の良人《おっと》矢木、品子の弟高男、波子の昔の恋人竹原、波子の弟子友子、小説の表面に一度も登場しない品子の愛する男香山、高男の男友達松坂、品子の相手役野津、波子と品子のマネージャア沼田などである。

これらが組んづほぐれつさまざまな人間関係を展開するか、といえば、決してそうではない。みんな孤独で、誰一人、他の一人の運命を決定的に変えるような力をもっていない。もっとも執拗にえがかれているのは、矢木と波子のストリンドベリ流の怖ろしい夫婦関係であるが、その矢木は悪魔には相違なくとも、やはり無力なのである。この小説にあらわれる善神にも、美神にも、悪魔にも、ことごとく、用意周到に、無力感が配分されている。

作者は登場人物がその無力感から瞬間的にも脱出し、自らの力に酔いしれる場面を、故意に省いたらしい。波子は舞台の夢をあきらめた過去の舞姫であり、品子はまだプリマにならない未来の舞姫であるけれど、彼女たちが他人の舞台を見るところばかりが描かれて、自らの力を昇華させている舞台は描かれない。そして不吉な主題のように、御濠の白い鯉の姿が、全篇に遊弋《ゆうよく》している。

「およしなさい。あなたはそんなもの、目につくのが、いかん」

と竹原は、いつまでも鯉を見ている波子に言うのであるが、恋人をほったらかして、白い不気味な鯉に見呆けている女に、竹原が不安を感じるのも無理はない。実際その鯉は、一旦それを見たら、あらゆる人間関係の端緒がとざされてしまうような、或る美的な虚無の象徴なのである。

波子はあたかも能の鬘物《かずらもの》のシテのように、優婉《ゆうえん》に、哀れふかく描かれており、彼女が人生に対して抱く夢は、片端から崩れてゆく。しかし波子はエマ・ボヴァリイのような、不満に燃えつづける魂ではないのだ。ある意味ではもっと不逞であり、罪を罪のままに、悲哀を悲哀のままに、絶望を絶望のままに享楽するすべを知っている。

この小説の読後、私は思ったのであるが、川端氏の小説を書く態度には、独特のリアリズムがある。作者が自分の目で人生を眺め、人生がどうしてもこういう風にしか見えないという場所に立って書くのが、要するに小説のリアリズムと呼ばれるべきである。ロマン派のネルヴァルも、心理主義のプルウストも、自然主義リアリズムの二流作家よりも、ある意味では透徹したリアリストであった。

平易で、観念的でない、一見婦女子向きの文章とも見えながら、川端氏の息切れの早い、ほっと息をつきながら、何度も足をとめるような文体は、底に固い岩盤を隠していて、「俺にはこういう風にしか見えないのだぞ」という作者の註釈が、いたるところについてまわり、無縁の読者はたえず隔靴掻痒の感を抱かせられるのも、つまり作者がおのれに忠実なリアリストだからであろう。

登場人物を作者のリアリズムに強引に結合させて、何とか辻褄を合せてしまうやり方においては、氏は一そう微妙なリアリストであろう。一例を引くと、冒頭の波子と竹原のあいびきの個所で、電車線路の脇のすずかけの並木が、葉の大方散った木や、まだ葉の青い木がまざっていた（二一頁）という綿密な観察が出てくる。実はこの純粋に客観的でもあり、純粋に内的でもある観察は、あいびきの恋人同士の目に映る風景としては不自然である。何だか眉唾物である。読者がそう思う間《ま》もなく、次の一行が、強引に読者を納得させにやってくる。

「竹原は波子の『木にもそれぞれの運命が……』という言葉を思い出した」

こういうやり方は鯉の個所にもある（二三頁）。ながい鯉の描写のあとで、竹原に、

「およしなさい。あなたはそんなもの、目につくのが、いかん」

と言わせ、あわせて波子の性格の表現にも資する。こうした手法は、小説の倒叙法ともいうべきで、伏線のかわりに、後註で以て、小説の奥行きをだんだん増してゆくのである。それと同時に、この永いあいびきの場面全体が一つの大きな伏線にもなっていて、あいびきの最中に、すずかけや鯉に気をとられている恋人同士は、結局熱情的に結ばれることなく終るだろうという予感を抱かせる。

川端氏のリアリズムを、ここに戯れに、「隔靴掻痒のリアリズム」と名付けると、その隔靴掻痒がもっとも成功しているのが矢木で、もっとも失敗しているのは竹原であろう。礼儀正しい、優柔不断な恋人である竹原は、どこから見ても魅力のない、矢木のいわゆる「平凡な俗人」であり、波子の「空想の人物」にすぎないが、矢木は異様なリアリティーを以て活きている。

卑怯な平和主義者、臆病な非戦論者、逃避的な古典愛好家、もとは妻の家庭教師で、妻にたかって生きて来た男、打算的な母親の執念を体現して来た男、妻に内緒で貯金をし、息子をハワイの大学へ逃がし、自分はアメリカへ逃げようとしている男、妻の家をこっそり自分の名義に書き換えていた男、しかもこの男が生涯浮気をせず、妻だけを昆虫学者のような好奇心で愛し、妻の精神的な浮気を子供の前で難詰する。正にゾッとするような男である。

波子を前面に置き、矢木を後景に置いたこの小説の手法は成功している。波子のたえざる恐怖、（波子はそのために失神するほどである！）、何か目に見えないものにからみつかれているような不安、それから何の手段もなく脱《のが》れ出たいという焦躁、そういうものが矢木をえがいた「隔靴掻痒のリアリズム」のおかげで、異様な現実感を帯びている。矢木が分析的に書かれていたら、波子の不安はおそらく成立せず、成立してもおそらくリアリティーを失うだろう。

矢木が子供たちの前で母親を難詰し、子供たちがそれぞれに反撥する会話の場面は、古典劇の大詰を思わせる明晰な悲劇の頂点である。ところが皮肉なことに、このような「家」の悲劇は、敗戦後のこの一家にあらわれた日本の「家」の徐々たる崩壊過程が最後の大詰に来たことによって可能になったもので、日本の民主化に伴ったこの一般的現象は「舞姫」全篇にきわめて微妙に精細に描かれているのであるが、ところがこの特殊な一家は、ことさら崩壊を急ぎ、崩壊に手を貸し、むしろ時代と無関係に、おのれのうちに崩壊の種子を宿していたようなところがあって、こうした悲劇の頂点に到達して、はじめて各個人が正面からぶつかり合い、愛情によってではなく嫌悪によって結ばれた見事な家庭の典型を成立させるのである。これは正にイロニックな家庭小説というべきだ。

このあたりで、はじめて小説の主題である「仏界、入り易く、魔界、入り難し」という怖ろしい言葉が登場する。

矢木はバレエにいそしむ母子をセンチメンタルだと憫笑する。波子も品子も、踊りを媒体として、魔界に入れるほどの天才ではなさそうである。それでは矢木はどうかというのに、矢木もまた、品子のいうような、「魔界というのは、強い意志で、生きる世界なんでしょう」（二三五頁）という意味の魔界の住人たるには、大いに資格に欠けるところがある。矢木もまた無力なのだ。

矢木とは一体何者なのか？

作者は波子にも、矢木が少しもわからない人物だと言わせているが、矢木は単なる無力な「観察の悪魔」なのであるか。矢木の波子に対する永い忠実らしき愛情には、観察する人間の、次元のちがった愛し方のようなものがあって、波子をして矢木を永く拒ませなかったものも、こういう非人間的な愛情の呪縛に会って、彼女が湖の白鳥の姿に変えられていたからかもしれないのである。

登場人物すべての無力は、この矢木の無力から流出し、矢木の無力の呪縛下にあるように思われる。大団円で、品子の香山への脱出によって、その呪縛の一角の崩れたことが暗示されるが、矢木は何によってかくも無力なのかというのに、いささか私の独断に類するが、矢木は、小説家の象徴であって、あらゆる人間行為に対する超越性によって無力なのではないか。そう見てゆくと、小説「舞姫」は、バレエという芸術行為にいそしむ女が、正にそのことによって石女《うまずめ》になり、あらゆる行為を軽蔑する男の支配をのがれえぬ物語であり、作者は波子と矢木に、すなわち芸術家と芸術家の生活に、もっと端的に言えば芸術と生活に、分裂しつつ影をひそめているように思われる。そしてそのお互いは、永遠の敵なのである。

およそ通念に反して、川端氏は女に何の夢も抱いていない作家に相違ない。波子の描法はそのことを暗示する。女というものを、これほどただ感情的に女らしく、女に何の夢も抱かずに書いた小説はないのである。フロオベルは愚かなエマ・ボヴァリイに己れの報いられぬ夢を託したが、川端氏は何ものをも託さない。リアリストと私が呼ぶのは、このへんからだ。

川端氏にとっての永遠の美は何か。私が次のようにいうと、我田引水を笑われるに決っているが、おそらくそれは美少年的なものであろう。わずかな描写しかないにもかかわらず、高男の男友達の松坂には、稲妻のように、希臘《ギリシャ》の Ephebe（少年と青年のあいだの年齢）の不吉な妖精的な美が閃めくのである。それはまた「東洋の聖少年」沙羯羅《さから》の面影でもあり、「山の音」の菊慈童の能面の面影でもある。

因みに「舞姫」は、昭和二十五年十二月から、昭和二十六年三月まで、朝日新聞に連載された。

（新潮文庫『舞姫』昭和二十九年十一月）

解　説（川端康成著「眠れる美女」）

「眠れる美女」（昭和三十五年一月―六月、三十六年一月―十一月「新潮」）――この作品を文句なしに傑作と呼んでいる人は、私の他には、私の知るかぎり一人いる。それはエドワード・サイデンスティッカー氏である。およそ氏と私との文学観は夏と冬ほどちがっているのに、会うたびにいつもこの作品の話が出て、この作品の話になると、それまで喧嘩をしていたわれわれが握手をすることになる。

私は何も日本人の一部になおのこる外人崇拝に愬《うった》えて、サイデンスティッカー氏の名前を引張りだしたわけではない。しかし私は、外国人が日本文学の評価を誤る度合は、日本人が日本文学の評価を誤る度合と、ほぼ大差がないと考える者であり、日本人は自分が犯されている種々の文学的偏見についてかなり無自覚であり、そのために目前の作品が放っている芳香を逸してしまうことがないではない。又、徒然草以来の半端物愛好の趣味があって、(実のところ同じ半端物趣味から川端氏の或る種の作品が過大評価されたこともなきにしもあらずだが)、形式的完成美を見のがしやすいのである。

「眠れる美女」は、形式的完成美を保ちつつ、熟れすぎた果実の腐臭に似た芳香を放つデカダンス文学の逸品である。デカダン気取りの大正文学など遠く及ばぬ真の頽廃がこの作品には横溢している。私は今でも初読の強い印象を忘れることができない。ふつうの小説技法では、会話や動作で性格の動的な書き分けをするところを、この作品は作品の本質上、きわめて困難な、きわめて皮肉な技法を用いて、六人の娘を描き分けている。六人とも眠っていて物も言わないのであるから、さまざまな寝癖や寝言のほかは、肉体描写しか残されていないわけである。その執拗綿密な、ネクロフィリー(死体愛好症)的肉体描写は、およそ言語による観念的淫蕩の極致と云ってよい。しかし、作品全体が、いかにも息苦しいのは、性的幻想につねに嫌悪が織り込まれているためであり、又、生命の讃仰につねに生命の否定が入りまじっているためである。ここではその官能の閉塞状態は、人智の限りと云ってよいほど推し進められており、性が自由や解放の象徴として用いられることは絶無である。しかもこの絶対無救済の世界は、一人の「眠れる美女」の突然の死によって、さらに、

「娘もう一人おりますでしょう。」

という宿の主の女の怖ろしいトドメの一言によって閉じられる。が、本当のところ、ここでこの世界は閉じられたのではなく、江口老人自身の死をも暗示するもっとひろい、もっと社会的な、もっとのがれようのない「死の舞踏《ダンス・マカーブル》」へと開かれているのである。この作品は、これ以上はない閉塞状態をしつこく描くことによって、ついに没道徳的な虚無へ読者を連れ出す。私はかつてこれほど反人間主義の作品を読んだことがない。

開巻間もなく、宿の主の中年女が「左手を使っ」て部屋の鍵をあけるところで、帯の太鼓のあやしい鳥の模様が、不気味な感覚的嫌悪を用意する。やがて寝姿の娘の指先が、詳細に描写されると、われわれはすでにこの「自分の存在がみじんも通じない」性的対象の与える一種の安心感の擒《とりこ》になってしまう。江口老人と娘との交渉は、男の性慾の観念性の極致であって、目の前に欲望の対象がいながら、その欲望の対象が意志を以てこちらへ立ち向ってくることを回避し、あくまで実在と観念との一致を企らむところに陶酔を見出しているのであるから、相手が眠っていることは理想的な状態であり、自分の存在が相手に通じないことによって、性慾が純粋性慾に止《とど》まって、相互の感応を前提とする「愛」の浸潤を防ぐことができる。ローマ法王庁がもっとも嫌悪するところの邪悪はここにある。それは「愛」からもっとも遠い性慾の形だからである。

しかし宿の主は、

「この家には、悪はありません。」

と断言する。眠れる美女の世界は、無力感によって悪から隔てられている、と考えるとき、川端氏の考える「悪」がどのようなものであるかが朧《おぼ》ろげに泛《うか》ぶであろう。それは活力が対象を愛するあまり滅ぼし殺すような悪であり、すべての人間的なるものの別名なのである。川端氏と同じ程の厭世家で、川端氏と反対方向の世界に魅せられた作家としては、「カルメン」の作者メリメを挙げるだけで十分であろう。

「片腕」（昭和三十八年八月―十一月、三十九年一月「新潮」）

――実はこの作品については、私の恥かしい告白をせねばならぬ。というのは、第一回が発表され、私の記憶によると、

「そして娘の手がそっと私の手を握った。娘の指の爪はきれいにみがいて薄い石竹色に染めてあるのを私は見た。指さきより長く爪はのばしてあった」

のところで終っていたとき、そのあとに、「つづく」の文字もないから、これでこの短篇は完結したものと思い、すばらしい終結部を持った珠玉の短篇だと早合点してしまったのである。ところが、その後、連載されるに及んで、私はびっくりしてしまい、（こういう、いつ終るのかわからぬ作品の制作法は氏の常套手段でもあるが）、自分の先入主を変

更するのが難しくなってしまった。

今全部通して読み返してみると、たしかに第一回の部分だけでは、女の片腕を借りて帰るという寓意が、美しい寓意にとどまって、その代り明確な感覚的リアリティーが感じられるが、全篇を通すと、その基本的アイディアの執拗な展開に、却って悪夢のような感覚的粘着力が感じられ、これが単なる美しい寓喩などではなく、作者の精神ののっぴきならない軌跡を描いているのがわかる。それはアイディアなどではなく、オブセッションだったのである。

部分だの全体だのと言っていると、いかにもこの作品の罠にはまったような気がする。何故なら、いかなる場合も色情は全体を要求しないから、色情は片腕によって、すなわち全体よりも部分によって、色情自身の夢をいよいよ的確に描くことができ、第一回だけを完結した短篇だと思い込んでいた私は、しらずしらず女の片腕をつかまされていたのかもしれないからである。

閑話休題。「片腕」は、「眠れる美女」とちがって、はっきり会話、交流、感応が描かれた小説である。しかしそれは相手が片腕なればこそ出来たのである。ここに氏の小説の逆説的構造があり、一見超現実的な夢想は、実は官能的必然の産物である。それは「かくあれかし」という願望が、決して思想の形を借りないで肉体の形を借りるところに生れ、女の片腕は、女自体の望ましい象徴的具現なのであり、ひいては、氏の住む絶対孤独の世界の望ましい形態なのだ。

「腕のつけ根にあった、遮断と拒絶とはいつなくなったのだろうか」

自分の右腕と娘の右腕をつけ代えて、それに血が通っているのを感じるとき、「私」はそんな感想を洩らすが、「遮断と拒絶」とは、実は腕のつけかえなどという児戯を演じる前から、即ち「私」の腕が「私」についていた時からの常態であった。そうでなければ、単なる人間的接触や性的接触によって満足できる「私」であったろう。「私」は腕のつけかえによって、又、女の腕を借りて来ることによって、はじめて会話と交流と、それのみか、「関係」を成就できるような人間なのである。「片腕」は、その美しい抒情的な細部の集積によって語られた、このような「関係」への憧れの物語と考えてよい。

「散りぬるを」（昭和八年十一月「改造」、十二月「文學界」、九年五月「改造」）

――川端氏がこの旧作を、「眠れる美女」「片腕」と併せて編まれたのは、そこに一脈相通ずる特色を見出されたからにちがいない。「散りぬるを」は、実際、眠っている間何も知らずに殺された二人の女の殺人事件を扱っているという題材的類縁たるに止まらず、小説家という「無期懲役人」の業と、現実への純粋な美しい関わり合いの不可能とをテーマにしている点で、前二篇の解説的な役割をも果しているのである。「私」は、犯人の心理へ深く具体的に入り込んでゆこうとし、その想像力の「悪」によって、現実の核からはじき出される自分を感じる。「私」には本当の憎しみも、本当の悲しみもないからである。殺された滝子の裸体の監察写真を見て、次のような感想を洩らす人間が、そもそも「愛する」ことができようか。

「私が顔をしかめて横向いたのはこの傷痕《きずあと》のせいだったけれども、それはただの偽善に過ぎなくて、まことは彼女のあらわな生命への驚嘆をごまかしたのであろうと、今は思う」

この死体に向って用いられた「生命」という言葉の、独自な使い方を見るがいい。即ち、生命とは、作者にとって、生きていても死んでいてもいい、ひとつの対象に他ならない。生命という言葉は、氏の文学では決して自己の行動原理として用いられることはない。生命とは、（たとい死体であってもよい）、存在それ自体として、精神に対抗して屹立しているものなのである。

「散りぬるを」は、さすがに、今よみかえしてみても、少しも古びていない精密周到な作品である。古びていないのは、その静けさのためであるらしい。氏はどこで芸術におけるこの静寂を手に入れられたのであろうか。殺人犯人三郎の寂しさは、「生に媚《こ》びようとして、死を招いた」のであったが、この犯人の心の中にこうした寂しさを透視する作者の心は、決して「生に媚びよう」としたことはなかった。それが氏を、「眠れる美女」や「片腕」まで歩ませた、一抹の陶酔さえ知らぬ道程である。

（新潮文庫『眠れる美女』昭和四十二年十一月）

「眠れる美女」論

偉大な作家には、おもてむきの傑作と、裏側の傑作とがあるらしい。顕教的顕仏的傑作と、密教的秘仏的傑作と言いかえてもよい。川端氏にとっては、「雪国」がそのおもてむきの傑作であれば、「眠れる美女」は、正にその秘仏的傑作なのである。

裏側の傑作にこそ、作家のもっとも秘し隠された主題があらわれ、晴れやかさの代りに息苦しさが支配し、純粋性の代りに濃密性が特色となり、開かれた世界の代りに密室が提示され、精神はあらゆる羞恥心をかなぐり捨てたもっとも大胆な姿態を見せる。私は以前、「眠れる美女」を、だんだん空気の稀薄になる潜水艦に人を閉じこめるような傑作と呼んだことがある。この作品にとらわれているあいだ、人は汗をかき、眩暈《めまい》をおぼえ、近づいた死のかり立てる怖ろしい情慾を如実に体験するのである。それと同時に、「眠れる美女」は、読みようによっては、写真の陰画に似ている。この陰画を現像すると、今われわれの住んでいる昼間の社会の全体、その明るいプラスチック製の偽善の総体が、歴々とあらわれて来るであろう。

川端氏の作品では、「眠れる美女」は例外的にすこぶる構成的な作品である。最後に黒い娘が死に、「この家の女」が、

「娘ももう一人おりますでしょう。」

という冷酷なトドメの一句を言うとき、それまで緻密に組み立てられた色情の建築は、いうにいわれぬ非人間的な破局をあらわす。しかもその破局は、偶然の破局に見えてそうではなく、安全堅固に、慎重に建てられていた色情の建築そのものが、内包していた非人間性の本質を、――「この家の女」のみでなく江口老人も共有していたところの非人間性の本質を、一挙に開顕した破局なのである。

されぼこそ江口は、次のように感じるのだ。

娘がもう一人いるという言い方ほど、江口老人を刺したものはなかった。

もともと川端氏にとっては、エロティシズムは全体性を志向するものではなかった。エロティシズムの全体性はおのずから人間性を内包するであろうからである。色情は必ず断

片に執着し、眠れる女体は完全に主体を欠いているがゆえに、それ自体「人間の断片」であり、最高度に色情をそそる。そして精神の痕跡をのこさぬ美しい死体が、逆説的にも、「生」のもっともはげしい感動を惹き起す。この愛する側の生の感動が反映させられることによって、死体自体が、最高の「生のかがやき」を示しさえするのである。

この主題は、さらに深いところで、もう一つの主題、川端文学の「処女崇拝」の主題につながっている。これは氏の文学の清らかな抒情性の源泉をなすものであるが、同時に、死と不可能性の主題とひそかに交流している。すなわち処女は犯された瞬間に処女ではなくなるのであるから、処女性を不可知論の彼方にとっておくためには、こちら側の到達不可能性の前提が要るのである。その到達の不可能とは、永久にエロティシズムと死とを同じ彼方の場所に置くことではなかろうか。そして、もしわれわれ小説家が「生」の側に属しないとすれば、（一種の永世中立の抽象性に引きこもっているとすれば）、「生のかがやき」はそのような死とエロティシズムの一致の領域にしかあらわれない筈なのである。

「眠れる美女」は、江口老人が、「四十半ばぐらいの小柄」の女の主宰する秘密の家を訪れるところではじまる。この女は、大詰できわめて重要な一言を発する存在であるから、その「左利き」の手も、その大きな鳥の模様を描いた帯も、不気味に精密に描写される。

六十七歳の江口老人が、まず第一に接する「眠れる美女」の、次のような異様に精細な、言葉が言葉のみで愛撫してゆくような描写の的確さを見るがよい。もちろんこの的確さは、男性の性慾の視覚性の、或る非人間的な客観性を暗示している。

娘は右の手首をかけぶとんから出していて、左手はふとんのなかで斜めにのばしているようだったが、その右の手を親指だけが半分ほど頬の下にかくれる形で、寝顔にそうて枕の上におき、指先きは眠りのやわらかさで、こころもち内にまがり、しかし指のつけ根に愛らしいくぼみのあるのがわからなくなるほどにはまげていなかった。温い血の赤みが手の甲から指先きへゆくにつれて濃くなっていた。なめらかそうな白い手だった。

娘は膝がしらを少し前へ折り出しているので、江口のあしは窮屈だった。左下に寝た娘は右膝を左膝の上に前へ重ねるという、守る姿ではなく、右膝をうしろにひらいて、右あしはのばしきっているらしいのが、江口は見ないでもわかった。

こうして「生きた人形」となった娘は、老人にとって、「安心して触れられるいのち」と化した。

木賀老人が、青木の赤い実を「一つだけつまんで来て、その指のあいだにいじくりながら、この秘密の家の話」をするとは、何というエロティックな小説的技巧であろう。この前後から、小説は息づまるような魂の閉塞状態を読者の心に植えつける。ふつう、会話や性格描写によって登場人物を描き分ける小説家の技巧は、「眠れる美女」では少しも役に立たない。なぜなら娘たちは眠っているからである。寝姿の描写だけで、かくも彼女たちの個別的な生をいきいきと描き分けた手腕は、おそらく世界の小説でも稀有なものと思われる。

（『国文学　解釈と教材の研究』昭和四十五年二月号）

末期の眼

「末期《まつご》の眼」は、昭和八年という、昭和史のもっとも危機感にあふれた時代に書かれた。しかもそれが狂死の画家古賀春江や、芥川龍之介の死の直前の文章などに関わっていることで、一種の鬼気を帯びている。この文章をあの時代の中に置くと、黒い水のおもてにうかんだ油の一滴が虹を放っているように見える。他人の死によって川端氏は時代に耐えて来たのではあるまいか。

「あらゆる芸術の極意は、この『末期の眼』であろう」

という一行によって、この随想は、氏の芸術観人生観の決定的なマニフェストのように見られている。

「女との間には、生別というものがあっても、芸術の友にあるのは死別ばかりで、生別というものはない。多くの旧友と来往や消息がとだえようと、喧嘩別れしようと、私は友人としての彼等を失ったと思ったことはない」

「死についてつくづく考えめぐらせば、結局病死が最もよいというところに落ちつくであろうと想像される。いかに現世を厭離するとも、自殺はさとりの姿ではない。いかに徳行高くとも、自殺者は大聖の域に遠い」

「私は『奇術師』と名づけられたことに、北叟笑《ほくそえ》んだものである。盲千人の一人である相手に、私の胸の嘆きが映らなかったゆえである」

「(古賀氏が狂死真際、乱れた筆が、字を書けば解読を困難にさせ、絵を描けばちゃんとしていたことに触れて)こんな風に、あらゆる心身の力のうちで、絵の才能が最も長く生き延び、最後に死んだのである」

「(夢二の恋人が、あまりにその絵そっくりであることに愕《おどろ》いて)あれは絵空事ではなかったのである。夢二氏が女の体に自分の絵を完全に描いたのである。芸術の勝利であろうが、またなにかへの敗北のようにも感じられる」

——右のようないくつかの断想が、死・芸術・女などにからまる何人かの芸術家の思い出話の間にちりばめられている。読後、この一文は、死んだ芸術家に託して、川端氏が、自らの人生と芸術を告白したものだとわかるが、その告白には、したたかな孤独があって、熱心な迫力ある告白者の面影などはみじんも見られず、告白自体があるどうでもよい呟きのように投げ出されている。

自己韜晦に成功した者の苦い喜び、芸術上の勝利の鍵を知った者の敗北への明察、……こんな風に、苔のけば立っている庭の土のおもてに、風が押し流す雲の影によって、弱日《よわび》がほのかに照ったり掻き消えたりして、照るときも覚束なく、翳るときも覚束ないと謂った思念の直叙が、氏の随想の特徴なのである。

ここに何かを声高に主張する意志的論理的な精神はない。あるのは、非連続の生、折にふれてめざめた感覚が突然理智も及ばぬ洞察を生み、その洞察が次の瞬間には、(何らの誇りもなしに!)、否定され投げ捨てられるという特別な精神の姿である。そして一行一行にいかにも不吉なものが漂っていて、描かれている事柄自体は明確でも、何か「霊的な垢」とでもいうべきものが、かすかにまとわりついている。透明かと思えば不透明であり、ちゃんと物事が指示されないのである。人はひとたびこの精神の中へ歩み入ると、不忠実な案内人を伴ったように途方に暮れる。案内人は決して目的地を教えはしないし、風景にしろ植物にしろ、決してはっきりと指で差し示して教えることがないからである。何か隠されたものが背後にあるのだが、一番困ったことには、作者自体が、何ら隠そうという情熱を持っていないらしいことなのだ。ここには、芸術家の死と、その死の直前の目に映る世界の消息が暗示されている。暗示されているだけで、はっきり描写されているのではない。芸術的才能が、或るもっとも強靭な臓器のように、死に際して一番あとまで生き残るという話の不気味さは、その「生き残る」ということにあるのではなくて、芸術的才能を臓器と同じように扱うその没価値的な目の怖ろしさにある。「末期の眼」が芸術の極意である、と云われると、わかったような気がするが、結局はわからない。筆致がわからせようという親切を欠いていて、その最終的な体験を臨終の人間はおそらく伝えることができないであろうから、芸術の極意とは決して人に伝えられぬものである、というだけのことになってしまう。ただわかるのは、もしこの世に、一人の、自殺を否定した不気味な永生の人がいて、「さまよえるオランダ人」のように芸術の業を荷《にな》い、ふつうなら末期の眼しか見えないところの風景を常住見ていて、それを人に伝えることを拒み、美しい人工的な女たちに対して時折微笑を向けはするが、そのような美の形成にはついに自分は携らず、生そのものを彫り刻むような熱意は自他共に欠け、……丁度永遠の明澄の黄昏のような「芸術の極意」をわがものにした一人の孤独きわまる芸術家、あるいは達人の姿である。「末期の眼」が読者の心に呼びさます鬼気は、理由のないことではない。なぜならこのような「死の芸術家像」は、そのまま今日にいたるまで、何十年にわたって保たれて来たからであり、甚だ逆説的にも、そこにこそこの作家の「永遠の青春」がひそむことが証明されたからである。

（新潮社『川端康成全集13』月報　昭和四十五年三月）

現代作家寸描集——川端康成

川端さんの寡黙は有名である。噂話にすぎないことを逸話よばわりするのは好くない趣味であるが、或る新米の婦人記者が、川端さんを訪問してまず名刺を出しお辞儀をした。川端さんは名刺をうけとって会釈された。婦人記者は用件を切り出す前に、何か世間話をと考えたが、なかなか思い切ってものが言い出せない。何か話のきっかけを作って下さるのを待つほかはなかった。十分たった。川端さんは黙ったままである。廿分たった。やはり黙ったままである。新米記者は心細くなって、胸がどきどきし、冷汗が出て来た。ますますこちらから切り出すのがむつかしくなる。卅分たった。婦人記者がわっと泣き出した。すると川端さんは「どうしたんですか」と訊ねられたそうである。

別の話。私がお訪ねしたときにトーストと牛乳が出た。行儀のわるい癖で、トーストを牛乳に浸してたべていた。すると川端さんがちらと横眼でこちらを見て、やがて御自分もトーストを牛乳に浸して口へ運ばれだした。別段おいしそうな顔もなさらずに。

（『風雪』昭和二十四年九月号）

経と緯

大体、川端康成氏の作品には二つの糸があると思う。たとえば、代表作を四つとって、「雪国」と「禽獣《きんじゅう》」と「千羽鶴」と「山の音」をとるとする。「禽獣」の糸はより色濃く「山の音」のほうへつづいている。「雪国」の糸はより色濃く「千羽鶴」へつづいている。もちろん二本の糸には共通点もあり、一概にそう言えないところもある。しかし大体において、処女作から今日の「山の音」にいたるまで、いずれかの系列に入るのではないかと思う。そして、「雪国」「千羽鶴」系統の作品中、「禽獣」「山の音」系統における「禽獣」のごとき重要な位置を占める作品が、「抒情歌」だと考えられる。この集に「抒情歌」が入れられなかったのは、残念である。

今仮りに経《たていと》を千羽鶴の糸とする。緯《よこいと》を山の音の糸とする。経は、緯に比して、抒情的でもあるし、華麗でもある。宗達や光琳の画風にちかい。大胆な構図もあれば、色彩も放胆である。この糸の上では、主として女の世界が精密にえがかれ、あるいは「抒情歌」のように、女の美しい魂の独白が語られる。いずれかといえば、概して耽美的であり、女性の読者に歓迎されるのも、この系統のものが多い。

川端文学の世界は、人も言うように、感性的な世界であるが、「抒情歌」では、豊かな感受性と清純な魂をもった女性が、ふしぎな直観力によって未来を予見するという「感性の宗教」が語られ、「禽獣」では、鋭利な感受性と孤独な魂をもった男性が、人間嫌悪の只中に住んで動じない「感性の哲学」が語られる。川端文学の形而上学は、もちろん後者にある。（こういう分類はつまらない遊戯であるが、私も近代文学の同人になって以来、こういう遊びをおぼえたらしい）

そこで、われわれが興味をもつものは、主として緯のほうである。経の名作「雪国」や「千羽鶴」が、批評家の絶讃を得たのは、主としてその中に含まれた緯の要素のためであったと謂ってよいのである。

緯は、経に比して、暗く、望みがなく、寂寥をきわめている。こういう空気は、近代人の好みに愬《うった》える。川端氏は、現代人の嗜好に訴える近代的な主題に、高等学校の優等生が「近代的ニヒリズム」などという本を読んで、小説を書き出して、いわゆる近代的な作家になって、問題小説を書いて……達した人ではなく、むしろ裏側から近代に適した作家である。氏は氏自身もその一人である現代に置かれて、その感受性の鋭さのために孤独を強いられている一人の人間の、生きにくさと感性の傷痕を執拗につきとめることによって、裏側から近代に達したのである。そして日本におけるかかる感性的近代のみごとな作品としての結晶は、リルケやカフカの作品のもっている雰囲気とすら、意外に近いのである。

（角川書店『昭和文学全集9川端康成集』月報　昭和二十八年三月）

川端康成——百人百説

今年の川端氏は、昨年の「山の音」につづいて、「文芸」に正月から「ある人の生のなかに」を連載し、一方、中部日本新聞他に「東京の人」を連載している。後者は、量的に氏の最大長篇になるであろう。

前者は、氏が、作家としての登場人物を描いていることで、野心的な作品である。これまで「禽獣」にしろ「雪国」にしろ、作家と考えなくては説明のつかぬ正体不明な男性が現われ、その人間は人生をみんな小説家の目で見ているので、ほかの登場人物たちと生きる場所の次元を異にしており、そのため、その人物だけが、透明人間のように見えるのであったが「ある人の生のなかに」で、氏ははじめて、真向から、作家の人生をとりあげた。実際日本の小説で、私小説あるいは擬私小説を除き、芸術家を客観的に描いて、成功した作品は少ない。氏はそれを百も承知で、こういう冒険をはじめたのである。そしてこういう設定の第一の利便は、作者の思想が、作中の作家の口をとおして、独立して、客観的に語られ得るということである。作中の思想は、責任を軽減されて、自在にそれ自体の運動をはじめる。果然「ある人の生のなかに」に於けるほど、氏が作中で、自由に、芸術論を開陳しえたことはなかったのである。長篇小説の一部分が、エッセイ的な形式をとっている例は、「源氏物語」以来の日本文学の伝統の一つであるが、氏の実験は小説としての肉附をすこしも崩さずに、王朝風な自在なロマンの構成を、とり入れようとしているところに在ると思われる。

この小説は、友人の小説家笹原の死後、さまざまな因果をふくんだ愛の追憶と現在との交錯する物語であるが、それとは別に、「人生に起伏は誰しもまぬがれがたいが、御木は不運の時というものを信じない。自分の四十八年の間に、不運である時はなかったと思う」（連載第二回冒頭）

などという一句から、私は、ジイドのあの幸福の思想を想い出すのである。

氏は人生に対して強烈な否定的な思想のうちに生きたことがないとつねに語っている。もしそれを信じれば、強烈な肯定的な思想のうちにも生きたことのない筈の氏である。その氏が、この作品のなかで「八十歳の小説家」のことを考え、右のような一句をも、御木に語らせる。私はこういう一句のいいしれぬ暗さと深さに、今さらながら、慄然とすると共に、一方、そのいいしれぬ白昼の如き明るさに触れて、さらに慄然とする。
このごろ氏の肖像は、ますます美しさを加えてきた。あの「火桶の体」と云われた、夜毎に火桶を抱いて苦吟した俊成の生れかわりのような面影がある。かつて正徹は定家の生れかわりだと信じられていた。氏が俊成の生れかわりであっても、ふしぎはない。

（『文芸』昭和三十年十二月号）

正月の平常心——川端康成氏へ

川端さん、新年おめでとうございます。

毎年一月二日には、御年賀に上って、賑やかな賀宴の末席に連なるのが例ですが、はじめて伺ってから、今年でもう十年になります。日頃は御無沙汰を重ねてばかりおりますが、お正月というと、年賀に伺って、お顔を拝見しないことには、新年という気がいたしません。

はじめてお宅へ伺ったのは、昭和二十一年のやはり正月でした。正月中旬であったと思います。それより一年ほど前、「花ざかりの森」という拙著をさしあげたときに、お手紙をいただいて以来、一度お目にかかりたいと思って、人に紹介をたのんでおりましたのに、なかなか捗らぬうちに終戦を迎え、やっと落着きだした翌年の正月、何の紹介状も持参せずに、無礼にもお宅へ伺ったのでした。それにもかかわらず、私の名を憶えていて下さったのか、快く上げて下さいました。

禅寺では修行僧が案内を乞うてから三日間の庭詰というものがあり、式台のところに伏して三日暮さなければ上げて貰えぬのですが、私は本当に幸運であったと思います。それは寒い日で、大塔宮裏のお宅までは、まだバスも通じていなかったころと思います。廿一歳の私は、いろいろ生意気なことを口走ったとおぼえていますが、内心はびくびくして、無言に堪えることができなかったのでした。失礼なことを申しますが、川端さんが黙ったまま、私をじろじろ見られるので、身のすくむ思いでありました。あれから十年、自慢にもなりませんが、私は厚顔を以て鳴る男となり、怖れげもなく、御近づきにしていただいているわけであります。

いつも御年賀に伺うたびに思うのですが、川端さんは別に、お正月らしい顔もしていらっしゃいません。「親しい友よ。一月元旦なんて馬鹿らしいと君のいうのは全くだ」と、九歳のフロベールが手紙に書いているのは有名ですが、川端さんは別に馬鹿らしいと思っていられるのではなく、(それならあんなに御馳走の出る筈はありません)、平常心でいられるだけなのでしょう。万歳稼業なら別のこと、小説家とお正月とが、そんなに縁の深いわけもありません。いつのお正月でしたか、あまり御酒を嗜まれぬ川端さんが、子供のお客たちにまじって、テレヴィジョンばかり見ていられたのを思い出します。テレヴィジョンの画面には、踊り子たちが、寒中、裸の脚をそろえて上げて、右に左に顔を向けては踊っていました。

鎌倉のお正月というものを、お宅へ伺うようになってはじめて知りました。鶴ヶ岡八幡宮から駅へかえる群衆の頭上に、たくさんの白い破魔矢が秀でています。その人たちは夏の海の鎌倉を、あんまりさっぱり忘れた顔なので、今度はお年賀のかえりにでも、鎌倉の新年の海を、一度見て来たいと思っています。

（『文學界』昭和三十一年一月号）

川端康成氏再説

旧臘からお正月にかけて川端氏夫妻が入院されたみぎり、私はお見舞に名を借りて、川端さんの御病室を何度か襲った。こんな折でなければ、川端さんとゆっくりお話する機会がないからである。川端さんとゆっくりお話をするというと、いかにも私が神妙にお話を伺っているようにきこえるが、事実は逆で、あいもかわらず私がやくたいもない世間話やら文学談やらをさわがしく喋り散らし、川端さんが「ええ、まあ、うるさいが、喋らしておけ」というような表情で、それでもときどき若々しく笑っておられるだけである。

川端さんから自分だけ特別に扱っていただけると思う人は、よほど虫の好い人である。一方、川端さんから自分だけ粗略に扱われていると思う人は、これも一種の虫の好い人である。一視同仁というと語弊があるけれど、川端さんはあの鳥のような目で、人間を鳥瞰しておられるのだから。

氏の「雪国」や「千羽鶴」が外国で歓び迎えられたのには理由があると思う。たとえば西洋では、どんなデカダンでも、どんなニヒリストでも、「人間的情熱」というような言葉を先験的に信じているところがある。西洋では、多分キリスト教の影響だろうと思うが、善悪の二元論をはじめとして、あらゆる反価値は価値の裏返しにすぎぬ。無神論も、徹底すれば徹底するほど、唯一神信仰の裏返しにすぎぬ。無気力も、徹底すれば徹底するほど、情熱の裏返しにすぎぬ。近ごろはやりの反小説も、小説の裏返しにすぎぬ。

私は大体、十九世紀の観念論哲学の完成と共に、西欧の人間的諸価値の範疇が出揃ったものと考える。それ以後の人間は、どうころんだって、この範疇の外に出られないのである。たとえば情熱、たとえば理想、たとえば知性、……何でもかまわないが、人間によって価値づけられたもののこういう体系を、誰も抜け出すことができない。逆を行けば裏返しになるだけのことだ。

日本の十九世紀も、こういう人間によって定立された価値概念をのこらず輸入した。その網羅的体系が、かりに人間主義と呼ばれるところのものである。しかし日本では、それらの価値概念は粗い網目のようなもので、そのあいだに、ポカリ、ポカリと、黒い暗黒の穴があいている。網目は指をつっこんでも、ヒヤリとする夜気にふれるだけで、そこには何もない。

さて川端さんの小説は、こういう暗黒の穴だけで綴られた美麗な錦のようなものである。西洋人はこれをよんでびっくりし、こんな穴に自分たちが落ち込んだらどうしようと心配し、且つそういう穴の中に平気で住んでいる日本人に驚嘆したのである。

たとえば西洋では、ずいぶん珍奇な小説の珍奇な主人公もいるけれど、「雪国」の島村のように、感覚だけを信じて、情熱などというものを先験的に知らない人間は、その存在すら想像することがむずかしいだろう。彼らは時には島村を、キリスト教の見地から、地上最大の悪人とみとめるだろう。ところが大まちがいで、島村は、心やさしいとは云えないが、感覚とその抑制とを十分に心得た、ものしずかな耽美的享楽家なのである。

私は大体、川端氏の文学を、明治文化の根本的批評だと考えている。明治の文豪が多かれ少なかれ信じ、大正の文人が趣味的にそれに追随した、あの西欧からの輸入による人間的諸価値の概念を、全く信じていない文学。……しかも江戸の遊蕩文学の流れは少しも汲まず、戯作者の伝統からは全く外れ、多分中世の僧坊文学に直結する文学。……これは全くユニークなものであると同時に、現代文化の一つの典型的表現であり、同じ「文学による批評」であっても、永井荷風氏の西欧的批評とは、全く対蹠的な批評を成就した文学。

……私はそんな風に氏の小説を読んでいるのである。

（新潮社『日本文学全集30川端康成集』月報　昭和三十四年七月）

川端康成氏と文化勲章

いまこうして「川端康成氏と文化勲章」という表題を書いてみて、私はバカにピッタリした感じと妙にそぐわぬ感じと二様の感じの板ばさみになる。これは私ばかりの印象ではないと思う。心から祝意を表しているのに、一方ではなんだかふしぎな感じがしている。

これは文化勲章というものが老大家に対する顕彰碑のように思われており、それが氏のイメージとそぐわぬからであろう。氏の印象は未だにそれほど若々しく氏の文学はかつて「構えた」態度を持ったことがない。氏は一度も、人より一段高い壇上から大声で物をいったりしたことがない人、という感じを与え、氏の文学もそういうものである。永井荷風などは氏と比べると、生活や外見的な趣味はともあれ、むかしの貴族院における弾劾《だんがい》演説的文体を持っていて、いくらご当人が拒否しても「勲章」的ふんい気があったのに、川端氏の文学には、どこを捜しても、そんなものはないのである。

他方、ペンクラブ会長としての公人の川端氏を、世間的常識の側からながめる人は、氏の人望といい、人格識見といい、そこらの政治家や実業人が足もとにも及ばぬ人物であるところから、文化勲章も遅すぎた、と思うにちがいない。しかしそれだけの判断で授勲されるのだったら、氏の文学に対する侮辱というほかはない。

一個の精神のますます純化されますます深められた孤独が、国家的に顕彰されるということは、ふしぎな、気味のわるい事態である。どうしてもクツ下を脱がない人間にクツ下をはいたままフロに入ることを強いるようなものである。しかし川端氏は、そんな場合、自若としてクツ下をはいたまま、栄光のフロに入ってしまわれるだろうと思う。そこに川端氏と氏の文学の真面目《しんめんぼく》もあるので、それというのも、本当のところ「文化勲章」などというものは、氏にとって、どうでもよい事柄に属するからである。どうでもよいことにこだわって何になるものか。

私は何も文化勲章及びその制度自体を蔑《なみ》するのではない。ただ作家にとって、栄光というものは、奇妙な疥癬《かいせん》みたいなもので、その痒みは一種の快感であり、それをかくことは一種の快楽にほかならないが、それは仕方なしにくっついて来たものにすぎない。この「仕方なしに」ということに、川端文学の一種の主調音がひびいているので、私にはますます氏の受勲がおもしろく思われるのである。氏の処女作「十六歳の日記」を読んだ人は、こうして「仕方なく」小説を書きだした孤独な、とどまることを知らぬ精神が、やがて「仕方なく」文化勲章を受けるにいたる、長いまっすぐな道程を予見することができる。それはあれほどにも「老い」を美化した中世芸術に親しみながらついに「老い」をわがものとすることのできなかった、永遠に若々しい一つの精神の歴史である。

（「北日本新聞」昭和三十六年十月二十二日）

最近の川端さん

最近の川端さんというと、「眠れる美女」以後の川端さんということになろう。このデカダンスの極致ともいうべき作品、美のどん底とでもいうべき作品が、世間の十分な理解を得られなかった不満は、私の内にいまだに内攻しているが、一つには時代のせいかとも思う。われわれは今、おそろしく生ぬるい時代に生きている。能の作者が、「夢の中間《ちゅうげん》に生まれ来て」と云ったのは、こんな時代に生きる心境をさすのであろう。

ところで川端さんは、暗黒時代に生きる名人で、川端さんにとって「よい時代」などというものはなかったにちがいない。「葬式の名人」とは、川端さんにとって、「生きることの名人」の同義語に他ならなかった。この世は巨大な火葬場だ。それなら、地獄の火にも涼しい顔をして生きなければならないが、現代はどうもそればかりではないらしい。地獄の焔が、つかんでも、スルスル逃げてしまうのである。そして頬に当るのは生あたたかい風ばかりである。

これには川端さんも少し閉口されたらしい。「眠れる美女」は、そのような精神の窒息状態のギリギリの舞踏の姿である。あの作品の、二度と浮ぶ見込のなくなった潜水艦の内部のような、閉塞状況の胸苦しさは比類がない。

そこで川端さんの睡眠薬の濫用がはじまり、濫用だけに終っていればよかったが、その突然の停止が、あたかも、潜水夫が急に海面へ引き上げられたような、怖ろしい潜水病に似た発作を起した。精神を海底に沈下させたまま、肉体だけ急速に浮き上ろうとした結果と思われる。——医学的に云えば、何のことはない、睡眠薬中毒の禁断症状である。

二月二十日の暖かい日の夕暮、私はこの情報を察知して、変名でひそかに入院しておられる川端さんを襲い、むりやりに病室に押し入って、お見舞と称して、

「川端さん、ティーンエージャアの真似をして、睡眠薬遊びなんかなさっちゃいけませんよ」

と必死の諌言を試みた。

川端さんは怖い顔をされて、

「そんなに沢山嚥《の》んじゃいませんよ」

と私をお睨《にら》みになった。

――さて、川端さんは間もなく無事退院され、健康も旧に復されたが、たまたまそのころ、三月末に、或る文学全集に私の巻が出て、口上代りの冒頭の文句に、「葉隠」から引用して、

「定家卿伝授に歌道の至極は身養生に極り候由」

と禿筆《とくひつ》をのたくったのが、川端さんのお目にとまったらしい。

大体、昔から私は、川端さんに藤原俊成のイメージをえがいていて、川端さんの苦吟の姿は、正に俊成の、あの有名な「火桶の体」を思わせるものがあるが、その子定家に、この言葉があるのが私には面白く、かねて愛誦しているので、ここに出したのである。しかし、時にとって、この言葉を、川端さんは痛切に感じられたらしい。

それが思いもかけぬ命令となってあらわれた。座右に置きたいから、この文句を書いて送れ、という命令なのである。

このお手紙を母に見せたところ、私の悪筆をよく知っている母はおどろいて、それは川端さんがあまりの悪筆をからかっていらっしゃるのだから、正直にお受けしてはいけない、と反対し、私はさっそく御辞退の手紙を書いた。

しかし又お手紙が来て、「たって」ということだったから、私も己惚れを押え切れず、鳩居堂へ行って、良い紙と良い墨をあつらえ、山ほど反故を作って、悪戦苦闘の始末にな

った。

母がまああと認めた一枚をお送りして、それでどうやら事なく済んだが、定家のこの言葉には、妙な暗い秘儀がひそんでいるような気が私にはしている。

なぜなら、幼少のころ病弱で、このごろになってバカに健康第一になった私などには、殊に健康の有難味がわかる一方、生れつき健康な人の知らない、肉体的健康の云いしれぬ不健全さもわかるのである。

健康というものの不気味さ、たえず健康に留意するということの病的な関心、各種の運動の裡にひそむ奇怪な官能的魅力、外面と内面とのおそろしい乖離、あらゆる精神と神経のデカダンスに青空と黄金の麦の色を与える傲慢、……これらのものは、ヒロポンも阿片も、マリワーナ煙草も、ハシシュも、睡眠薬も、決して与えない奇怪な症状である。

私に悪筆の書を要求された川端さんは、夙にその秘密を見抜いておられたのかもしれないのである。

（新潮社『川端康成全集11』月報　昭和三十七年八月）

長寿の芸術の花を――川端氏の受賞によせて

川端康成氏の受賞は、日本の誇りであり、日本文学の名誉である。これにまさる慶びはない。

川端氏は日本文学のもっともあえかな、もっとも幽玄な伝統を受けつぎつつ、一方つねにこの危い近代化をいそいできた国の精神の危機の尖端を歩いて来られた。その白刃渡りのような緊迫した精神史は、いつもなよやかな繊細な文体に包まれ、氏の近代の絶望は、かならず古典的な美の静謐に融かし込まれていた。ノーベル文学賞が、氏の完璧な作品の制作と、その内面の葛藤との、文学者としてのもっとも真摯な戦いに与えられたことの意義はまことに大きい。それはひとり川端氏のみでなく、千数百年にわたる日本の文学伝統と、同時に、日本の近代文学者の苦闘に対して与えられたものと感じられるからである。

私個人の感懐を言わせてもらうと、終戦後間もなく川端氏に親炙してから、二十数年のお付合になるわけで、あからさまに師と呼ばなくても、心に師と呼んできた文学者は氏御一人であり、私事ながら結婚の仲人までやっていただいたので、身内としての喜びも一しおである。その永いお付合の間、私はただの一度も、氏からお叱言《こごと》をいただいたこともなく、忠告を受けたこともない。これは別に私のお行儀がよかったからではなく、氏が透徹したむしろ鳥瞰的な人間観の持主で、世俗の忠告などの無意味なお節介が、人間に対する真の愛情ではないことを知っておられたからに他ならない。

人間に対する真の愛情とは？　ここに氏の文学の、表面にあらわれぬ深い主題がある。すなわち、古典的な優雅な文体の下に、氏の文学には、近代文学のもっとも尖鋭な主題「そもそも人間が人間を愛することができるか？」という設問が隠れているからである。「愛の不可能」はあるとき抒情に漂い、神秘に融かし込まれるが、不吉な雲のようにその作品の上に漂っている。そして「美」が、この不可能を嘲笑するかのように、あるいは「雪国」の雪の中から、あるいは「古都」の古い寺院の風光の中から、あるいは「千羽鶴」の風呂敷包を携えた美女の姿で、静かにあらわれて、謎のように通りすぎる。それは正に「通りすぎる」のだ。氏の文学はほとんどの場合、人間関係を峻拒している。こちらには愛の不可能の絶望をかみしめている人間があり、あちらには「閉ざされた」美が揺曳している。しかし、この通過の瞬間にかがやく感覚の緊張、この悲しみの只中をよぎる絶対の喜悦にこそ「人間が人間を愛する」ということの可能性がちらと姿を現わすのではないだろうか。

スエーデンに紹介された氏の作品は「雪国」「千羽鶴」「古都」の三編の由であるが、この中に氏の近年の傑作「眠れる美女」が含まれていないのは残念である。しかしもちろんこの三編には、氏の全貌を探るだけのものが悉く呈示されている。名作の誉れ高い「雪国」は、私があるアメリカ人の小説家から「心もとろけるような文学的体験をした」という言葉をきいたことがあるほど、選ばれた西欧人の琴線にも触れえた日本的インプレッショニズム（印象派）の傑作であった。この印象派という川端文学への評価は、西欧人が好んでとるところだが、音楽の比喩でいえば、印象派音楽のドビュッシーの持つ憂愁、繊細、神経的な鋭さ、流体的構成などに、氏の文学との共通点が多々見出されると思う。

名作「千羽鶴」「古都」では、戦後の川端氏がひたむきに日本の美に心をひそめ、物質文明の破壊力のかげに、一筋の道を求めようとした氏の精神の旅路が読み取れよう。「千羽鶴」もまた、もし表現を一転すれば地獄図をも描きかねない人間の真相が、あたかも千羽鶴の風呂敷そのもののような、唯美的表現で、間接的に、幽玄に包まれている。いかに包むか、いかに隠すか、しかもいかに非構成的非分析的に人間のもっとも深い秘密をつかみ出すか、……このような絶妙の日本的技術は、西欧の小説家には思いも及ばぬものであろう。

私のみならず、すべての日本人のねがいもそうであろうと思うが、氏がこの受賞を機に、ますます老木《おいき》の花を咲かされ、かつて富岡鉄斎がそうであったように、東洋独特の絢爛たる長寿の芸術を花咲かせられることを祈ってやまない。

――十七日夜記――

（「毎日新聞」昭和四十三年十月十八日）

偉大な私の先生

川端さんの作品が西洋人にもわかってきたのだと思う。西洋と東洋の〝ことばの難関〟が今までは障害になっていた。だが、サイデンステッカー氏などの翻訳で、難関が解消されつつある。たとえば「雪国」を読んだアメリカの作家キース・ボッフォードが、私にいったことがある。こんな、すばらしい芸術作品は私の遠く及ばないところだ、と。まだ翻訳されていない「眠れる美女」などが紹介されたら、さらに驚嘆の的になるだろう。要は、ことばの融和が認められたことだと思う。川端文学には近代の苦悩が秘められていると同時に、日本の古いものが美しく物語られており、それがことばの融和によって世界に認められたといえる。川端さんは私の仲人までしてくれた先生で、身内としての喜びも、このハダで感じた。改めて〝オヤジ〟は偉大なる人だと思う。

（談）

（「読売新聞」昭和四十三年十月十八日）

北欧の町と海と──「永遠の旅人」川端さん

さきごろ川端氏のノーベル賞受賞演説を読んで深く心を搏たれた。外国人にわからせようなどという配慮が一切なく、じかに本物を、日本人のこころのもっとも純粋微妙なものを、ぶつけようとされた気魄に感動した。これでなくてはいけない。あとは文化交流屋の仕事である。文学者は、素裸の、純粋なものをぶつければよいのである。以前、外国旅行中世話になった人への礼状を、川端氏が、すべて巻紙に墨で和文でしたため、もらった人は、みんなドナルド・キーン氏のところへ判読と翻訳をたのみに殺到し、キーン氏が困り切ったという噂を、いかにも川端氏らしい逸話だときいたことがあるが、すべてこの精神である。

この精神を知って見るから、ストックホルムの冬の、バルチック海に臨んだ岸辺の、川端氏の写真がますます活きてくる。ますます冴えてくる。

私は以前「永遠の旅人」という言葉で、氏の芸術と人生を要約したことがあるが、花やかな受賞の旅のひとときであっても、氏の流離の風貌は少しもかわらない。この風貌、この写真に、人類のもっとも対蹠的なものを求めるとしたら、世界中に自分のホームを背負って歩くかつての傲慢で赤ら顔のジョン・ブルが、パイプをくわえてバルチック海を眺めている風貌や写真が、それであろう。

氏の平常心についてはたびたび書いたが、人間の悲喜哀歓を軽くすりぬけてしまうようなそのやや疲れた身軽さのようなものは、何だろうか。

受賞の晩も、少しでも寝《やす》まれて精力を蓄えられたほうがよい、という忠告に対して、氏は、

「僕はこんなのには、相当耐久力がありますからね。お通夜とか何とかはね」

と笑いもせずに言われた。

北ヨーロッパの冬の海と、旅人としての川端氏はいかにもふさわしい。それはたとえば、氏が北欧の民芸品によい茶碗を見出したと喜ばれたことがあるように、目に見える文化の形骸（建築物その他）をのりこえて、じかにそこの自然と接触してしまう文人の心の透徹力をよく示している。そこの住人にすら気づかれない自然の魂と、氏の心がじかに語り合ってしまうという奇蹟があらわれている。それこそは文学者の「言葉」なのである。

氏の美しい白髪、その黒い外套、しらじらとした北欧の町と海の対比がいかにも佳い。

（「毎日新聞」昭和四十四年一月十二日）

川端文学の世界

川端康成
三島由紀夫

同人雑誌のこと

三島 今日はどんなお話を伺うか……同人雑誌のことなんかから伺おうかな、川端さんは同人雑誌についていろいろご経験がおありだから……いちばんはじめは、もちろん「新思潮」ですね。第何次「新思潮」ですか。

川端 第六次ですか……。

三島 あのころは資金なんかどういうふうに……。

川端 資金はもちろん持ち寄りですけれどもね。

三島 編集なんかは一人が全権をもっていたのですか。

川端 そういうことはありません。

三島 原稿を没にしたりということは？

川端　それはぜんぜんありません。編集といったって原稿を持ち寄るだけですから簡単ですね。同人はいちおう全員文壇に出ましたよ。それは「文藝春秋」のおかげでしょう。菊池さんが「文藝春秋」をはじめて、「新思潮」の同人が全部「文藝春秋」の同人になりましたから。佐々木味津三さんの「蜘蛛」の同人も全員はいって、小説は発表できたわけですからね。いちおう全員文壇に登場したといえましょうね。

三島　菊池さんは、新人の原稿なんかよく読まれて、指導されたというようなことがあったのですか。それともただ人間的なつながりだったのですか。

川端　読まれたけれども、指導というようなことはあんまり……。指導するにしても非常に簡単ですね。ただ、才能があると思えば、世の中に出すことには非常に力を入れていましたね。

三島　なるほど。いまの文学者はお互いにあんまり会うこともなくて、座談会なんかでしか会えないのだけれども、当時は文壇にお出になっても、文学的交際がずいぶん深かったわけですね。一週間に何べんぐらい友だちにお会いになりましたか、たとえば横光さんとご一緒の新感覚派時代のころなんか。

川端　ほとんど毎日会っていました。下宿か家へ行ったり来たりしたんですけれども。ほかに会うところといえば喫茶店みたいなところじゃないでしょうか。バーというのは、その時分はバーといわずにカフェでしたし、数も少ないし、それへ行くのはもう少しあとですね。

三島　何というか、学生同士的な感情というようなものはいつごろまでお続きになりましたか。三十代までそういうお気持がございましたか。

川端　ええ、三十ぐらいまででしょう。

三島　はあ、ちょっと今じゃ考えられないことですね。今じゃ文壇に出ちゃったら、みんなどこかへ行っちゃうみたいで……。毎日文学の話をしていらしたわけですか。

川端　ええ、していました。私たちより十ぐらい上の菊池さんだとか久米さん、宇野さん、広津さんなんかもよく会っていたのじゃないでしょうか、毎日のように。

三島　プロレタリア文学への対抗意識というのは、そのころからもうあったわけですか。

川端　いちばんはじめ「新思潮」を出した時分は、まだなかったですね。「新人会」というのがあったのですけれども、いわゆる左翼といっても、はっきり共産主義じゃなかったのでしょうね。広く社会主義というところでしょうか。

三島　そのころはまだ、文壇的にもプロレタリア文学が大攻勢には出てなかったわけですね。

川端　そうですね。プロレタリア文学が盛んに興ったのは「文芸時代」の時代でしょうか。

若い日の読書

三島　そのころの一般の青年の文学に対する考え方は、やっぱり芸術主義がかなり濃かったのですか、文学をやろうという気持の中に。
川端　そうです。
三島　「白樺」の影響なんかは？
川端　むろんありました。
三島　共通に読んでいた本というのか、共通の教養と申しますと、当時は……。
川端　やはりロシア文学でしょう。トルストイ、ドストエフスキー、チェーホフ、ツルゲーネフ。フランス文学はややあとですね。
三島　ポール・モランなんかがはいって来たのは？
川端　だいたい「文芸時代」が出たのと同じころだと思います、堀口さんの翻訳が出たのは。
三島　あれなんか、戦後の実存主義小説みたいなものよりも感覚的にすごいショックというか、新鮮な感じを与えたでしょうね。
川端　ええ。

三島　あのころの翻訳なんか、今から見ると趣味的ですけれども、そのかわり麻薬みたいなところがありましてね。ポール・モランの「夜ひらく」「夜とざす」。
川端　ありましたね。
三島　ただ忠実な翻訳ではなくて、新文学運動を刺激するような翻訳でございましたね。それから見ると、そういう感覚的な外国文学からの刺激とか、外国文学でみんなカーッとなっちゃうということは、今はぜんぜんなくなりましたね。
川端　サルトルなんかどうですか、それからこの間死んだカミュ。
三島　でも、それは一種の思想というか、ものの考え方の上の影響で、文体とか表現とかいう感覚的なものからの影響はほとんどないのじゃないですか。サルトルなんかでも、そういうものはぜんぜんなかったと僕は思うな。戦後一時期、ちょっと曲解されたような実存主義が風靡《ふうび》しただけで、ほんとうに青年をワッと動かすような外国文学はないようですね。
川端　私たち、ストリンドベリーもみんな読みました。今は読む人が少なくなりましたね、イプセンも。
三島　ストリンドベリーの「ペリカン」なんか鷗外さんの訳で「白樺」に載っていますけれども、ああいうのをいつか僕、芝居でやりたいと思っているのです。現代文学の一面に通じてくるものがあるのですが……。

川端　ショッキングでしたよ、あのころ。

三島　そうでしょうね、今アメリカで大はやりのアルビーの「ヴァージニア・ウルフなんかこわくない」という芝居なんか、まるでストリンドベリーです。まるでそうです。メーテルリンクなんかは？

川端　メーテルリンクなんかも読みました。それからあのアイルランドの芝居ね。

三島　シング、イエーツ……。

川端　ドストエフスキーやチェーホフなんか、まだ私たちの高等学校時分、英語で読んでいましたよ。ロシア文学の翻訳の英語はやさしいのですよね。

三島　正宗白鳥さんなんかも英訳的教養でしょうね。

川端　私たちより前の人はむろんみんな英訳です。

三島　当時はいやでもおうでも語学の力がつくようになっていたのだな。今じゃ翻訳がみなあるから……。

「掌の小説」

三島　川端さんの掌の小説というのは、近代文学でも非常にユニークなもので、ああいう時間のかかる小さいお仕事を残されたというのは、いまショート・ショートというものがはやっていますけれども、それとはまるで質の違った立派なものだと思うのです。ああいうことは、当時川端さん以外にもやっておられた方があるのですか。

川端　岡田三郎のコント……コントはフランス風なおちがあるわけですね。僕のはおちがないのですけれども、その岡田君とか、武野藤介、中河与一さんがやはり短いものを書いてましたね。しかし僕がいちばん長くやっていましたでしょう。

三島　全部で百篇、たいへんな数ですね。雑誌なんかの編集方針で、短いものをという注文があったのですか。

川端　いえ、そんなことはありません。雑誌の注文には関係ないのです。あのころ小説はだいたい三、四十枚だったんじゃないでしょうか。今はもっと長いでしょう。

三島　あれはだいたい何日ぐらいで一つをお書きになりましたか。

川端　それは一日です。

三島　まあ、あれは川端さんの詩集みたいなもんだろうな。

川端　詩集になればいいんですけれどもね。なっていませんね。

三島　僕は、詩集だと思いますね。でも、今はああいうものを書こうという精神的な余裕をみんな持てないし、それから、ああいう技術もずいぶん退化しているのじゃないかな。

川端　短篇をきちっとまとめる技術は退化してますね。三島さんは短篇をきちっとまとめますけれどもね。（笑）

三島　いや、僕はだめですよ。しかし大江健三郎君なんか、ちょっとできるかもしれないですけれどもね、ああいうことを。

川端　僕なんかまとまらないほうですけれどもね、以前はきちっとまとめた人がかなりいたわけですよ。

「雪国」

三島　僕はね、あの「雪国」の最初の文学的イメージがお浮びになった時はどういうことだったのだろうと思ってときどき考えることがあるんです。つまり、それまでの川端さんのいろいろな技法の集大成なんですけれども、同時にずっとあとの「山の音」「千羽鶴」にいたるまでの、展開の芽があの中にあると思うのですよ。それで、西洋人は「雪国」をインプレッショニズムの文学、印象主義的な文学だというのだけれども、その印象主義と古典的な物語性とが、ちょうどあそこで境い目になっているような感じがするんです。その前にももちろん物語的なものをお書きになっていらっしゃいますけれども、いちばんあの小説がそういうものの境い目みたいな……。川端さんがあれをお書きになったときに、物語ってものが頭に強くおありになったのか、それとも、一人の女性の生態ってもののイメージのつながりが重点になったのか、そんなことを伺いたいと思うのですけれども。

川端　ああ、それは物語より一人の女性の生態ですね。

三島　そういうものを非常に長く書こうというお気持があったのですか。

川端　長くって、枚数ですか？　いや、そんなに長く書こうという気持はなかったのですね。

三島　でも、「眠れる美女」みたいに、はじめは一回でやめるつもりが延びちゃったということじゃなしに、前からある程度の長さは予定されていたわけですか。

川端　途中からですね。いちばん最後に火事がありましょう、あれは戦後に書いたもので、その間ずいぶん間があるわけです。あの火事ははじめから書くつもりだったのですけれども、ずいぶん日がたったあとで書いたものだから、ちょっと調子が違っていますよね。

三島　いや、僕はそうは思いません。火事は非常に必要だと思います、あの小説の中で。おそらくあれがあの小説のいちばん基調をなすイメージだろうということはよくわかります。というのは、駒子自身が雪中火事みたいなもんじゃないですか。そうして非常に官能的な女の体の温かみみたいなものが、はじめから雪の中に対比されて現われてくるわけですね。

川端　はじめに雪の中にはいって行くところがあるでしょう。だからおしまいに火事があるということになるのですけれども、時間をおいたので、ちょっと調子が違うのじゃないかという気がして……。自分ではわからないのですけれどもね。

三島　あれをお書きになる構想は偶然生まれたものですか、それともそういうものをお考えになって温泉へ行かれたのですか。

川端　いえいえ、それは偶然です。

三島　作家が偶然ああこれは書きたいと思って、それが醱酵して小説が生まれる、それが小説としていちばん自然ですが、今はそういうことがないのじゃないかしら。さあたいへんだというんで、あわてて汽車の切符を買ってとんで行って、いつまでに取材して来なければいけないというようなことになっちゃって（笑）。それに比べて、「雪国」はいかにも自然に醱酵して生まれてきたという感じがしますね。……お仕事で温泉へこもられたり、旅行されたりということはよくあったのですか。

川端　以前から私は家ではあまり書かなかったですね。

三島　もちろんかんづめなんかない時代……。

川端　ええ、そうですね。かんづめというのはないですね。いや、あったかな、ありましたね、やっぱり。今のかんづめとは感じがちがいますが。それから印刷所へ行って何か一つ書いたこともありましたよ。ところが印刷所へ行くと、書きたいと予定してたことをみんな忘れちゃって、短くなっちゃったという小説があるんだけれども、何でしたかね、あれは。……やはりそのころも、みんなほうぼうへ行って仕事してましたよ、家を離れて。

「千羽鶴」

三島　「千羽鶴」はお茶をからかってやれというお気持はなかったのですか。

川端　まあどっちかというとそうなんです。お茶というものは、ほんとうのいい面を書くのは非常にむずかしいのですよ。このごろの大寄せのお茶は茶器の展覧を茶室で見るというようなもので、つまらないのですけれども、お茶のいい面はたしかにあるのです。その面は私は書いてないわけです。だから、お茶の小説だなんて言うのは、僕はおかしいと思うのですよ。

三島　お茶人なんか非常にあの小説を喜ぶのですか。

川端　喜んでるかどうか知らないけれども、まあ、いけないとは言いませんね。あれをお茶の小説だと言ってお茶人が喜んだらおかしいと思うのです。私もお茶にいい面があることはよく知ってるんですよ。だからいつかはその、いい面を書くかも知れないけれど、それはむずかしいから、あれには書いてないわけです。

三島　西洋の小説では、絵だとか美術品だとかが小説の中で重要な役割を持っている作品がありますけれども、「千羽鶴」ではお茶器が一つの登場人物だと思うのです。それが媒体となって人物が動いていて、そのお茶器が、いつでも無気味な、不吉なものとして現われている。そういうところが非常におもしろいんです、あの小説。

川端　お茶器もあんまりいいものは書いてないんですよ。

三島　それとお茶の素養というものと、こわい女性と。

川端　お茶の素養の面はあまり書いてないと思うんです。

三島　でも、ちょっとございますよ。ちか子はいろんなお茶器の素養があるんですけれども、そのお茶の素養と、ちか子のああいう性格は、まるで無関係みたいですね。ただ、職業的知識にすぎなくて。

川端　しかし、一般にそういうことが多いですよ。

三島　そういうところをズバリと書いていらっしゃる。

川端　吉村公三郎さんがあれを映画にするときに、ちか子を主人公にしなければ映画が撮れないと言いましたよ。少なくとも、お茶の小説ではないと思います。

三島　僕もそう思いますね。題から来る感じもあるのでしょうが、あの題も非常に皮肉な題で、千羽鶴の風呂敷を持った女性が一度お客に出てくるだけで、あとは幻のように、すうっと道のむこうを通ったりして、登場人物と何ら関係なく過ぎちゃうんですね。それでもそういうのが「千羽鶴」という題になってるところに、何か皮肉な意味があって、残りの登場人物は、みんな人間関係の中でアップアップしている。題からの印象で、何か非常にとりすました小説のように思われているけれども、むしろ非常になまぐさいものではないですか。

川端　志野のお茶碗に口紅がついてるなんて書いてありましょう。何もそういうことはないのですけれども。あれで、志野という瀬戸物のことを非常によく書いてあるというふうに受けとられるのですけれども、それもあんまりよく書いてはいないんですよね。

三島　ああいう人間関係なんかに、川端さんの厭世主義というか、思想というか、ストリンドベリーの影響みたいなものがちょっとあるような気がするんです。いちばん肉体的に密接な人間同士のハースリーベ（憎悪愛）というか、感情の反撥、憎悪。でも、川端さんもずっと厭世主義だとおっしゃるけれども、ほんとうに無手勝流の生き方をなさっていらっしゃって、むしろある意味では楽天主義じゃないですか。

川端　そう言われると、二の句が継げませんが。（笑）

三島　……しかし僕、川端さんの小説の映画化・劇化されたのは嫌いだな。それはもうほんとに不可能ですよ。

批評について

川端　むずかしい話をするのは外国の作家ですね。

三島　人類の運命とか、人生の意義とか、正面きって言い出すから困っちゃう。（笑）

川端　すべてに意義をつけます。だからそういうふうに言ってもらうと、自分の小説でも「ははあ」と思うような時がありますけれどもね（笑）。日本人は批評とか評論とかいうのは実に下手ですね。

三島　ポール・ヴァレリーなんか、ほんとうに美辞麗句をならべて悪口を言うでしょう。日本にはああいう伝統がないのですかね。ずいぶんほめたたえていて実はひどい悪口を言っていたり、ずいぶんひどいことをうまい社交辞令で言ったり、否定の中にちょっとそれをやわらげるものが入っていたり、あれは一種のサロン批評の伝統でしょうね。日本では書生批評ですから、どうしても直《ちょく》になっちゃう。

川端　思想を述べることが下手ですね、日本人は。

三島　下手ですね。外国の批評は文体があるのですね。日本の批評家は一つの観念世界を作るところまで行くけれども、その観念世界が、スタイルを通さなければ読者に伝わらないというところで、もう一つやらないところがありますね。小林秀雄さんのような特別な例を除いて。

川端　日本人は小説が下手だというけれども、評論ほど下手じゃないですよね。評論、それから演説が下手ですね。外国人はうまいですよ。それから中国人ね。

三島　中国人はうまいですね。日本人はアポロギアがないから。演説というのは、ギリシャのアポロギアで世間に対して自分の立場を弁明したということが、一つのポレミックの最初の要素になっているんだけれど、日本では弁明は恥かしいことで、そう思うなら思わしておけというわけでしょう。そう思わしておけ、じゃおもしろくないですよ。あとは寄席芸人の芸しかなくなっちゃいますわね。講演が寄席的にうまい人はいますけれども。

川端　江戸時代のほうがうまかったかも知れませんよ。思想があったんですから。あの時代の仏教人、儒家なんかのほうが確固としていたんじゃないでしょうか。かえって。

三島　それから小説の批評でも、ディテールというものがどんどん無視されてゆくような気がしますね。一方でいかに高遠な議論があっても、小説の質は細部で保たれてるのですからね。谷崎さんの文学にしても、川端さんの文学にしても。だからそういうものの無視の上に成り立った批評は、いかに純文学を論理で擁護しても、擁護したことにはならないと思うんです。細部というもので楽しむ批評が出てこなければ、純文学擁護の批評にはならない。問題は細部なんだから。

川端　細部に意味をつけるんです。

三島　そう、細部に意味をつける……ということになると、それはちょっと僕も耳が痛い（笑）。川端論なんてのもだいぶやったからな。

（昭和三十九年一月十四日）

（中央公論社『日本の文学38川端康成集』月報　昭和三十九年三月）

解説　自己表象としての美

梶尾文武

近代の日本文学史に名を連ねる文学者のなかでも、谷崎潤一郎・川端康成・三島由紀夫の三者は、二十世紀後半に世界的な知名度を得た作家として記憶されている。彼らを海外において日本現代文学の「御三家」というべき存在へと押し上げたのは、米国クノップフ社が手がけた日本文学翻訳シリーズである。一九五五年から刊行が開始されたこのシリーズは、エドワード・サイデンステッカーを中心に、ドナルド・キーン、アイヴァン・モリスらを翻訳者に擁して三作家の英訳書を続々と刊行し、その多くが諸言語へと重訳された。編集局長ハロルド・シュトラウスはこの翻訳シリーズからノーベル賞作家が輩出されることを願い、とくに谷崎にその期待をかけていた。実際に六〇年代以降、谷崎と三島はノーベル文学賞の受賞がたびたび取沙汰され、結局は川端の受賞に至るが、そうした機運はこのシリーズが醸成した。

なぜ彼ら三者が日本の看板作家に選ばれたのか。サイデンステッカーら戦後第一世代の日本学者には、戦後文壇を席巻した左翼反米思想への反撥が根強いが、そうしたイデオロギーの問題に加えて、選択には主に二つの基準が働いていたようだ。第一には、日本の古典文学との連続性である。右に名を挙げた翻訳者たちは、もともとは『源氏物語』をはじめとする日本古典を研究の入口としていた。彼らの現代文学への評価は、古典文学の伝統と美意識、とくに王朝文学と紐帯を持つような官能的な女性像や優美な性愛がそこにいかに表現されているかという関心に基づいていた。

第二に、こと小説作品に関して求められたのは、ヨーロッパ近代小説との親和性である。翻訳小説が英語圏の一般読者を広く獲得するには、作品が彼らにとって馴染み深いノヴェルという形式に即していることが必要だと考えられた。翻訳者たちの眼には、日本近代文学の主流をなす私小説は、虚構性を備えたノヴェルよりもエッセイに近いジャンルとして映った。こうして日本語小説の芸術的価値が西洋的形式に立脚しつつ表象された日本的伝統美に求められたとき、他の小説家にもましてそれを実現していると評価されたのが、「御三家」であった。三者の作品は、西洋との異質性と同質性を包み込む美的対象としての日本を表象することによって、西洋人に潜むオリエンタリズムの志向を満たしえたのである。

日本語小説の英訳刊行が本格化した当時、すでに大家の位置にあった谷崎や川端とは違い、三十代の三島は作家としての円熟期を迎えつつあった。たとえば五六年発表の『金閣寺』の場合、五九年にはアイヴァン・モリスによる訳書がクノップフ社より刊行されたが、三島は創作の段階ですでに同社の翻訳シリーズを視野に入れていたと推測されよう。大江健三郎がつとに批判するように、三島はこのころからオリエンタリズムの内面化、つまり西洋が期待する日本的な美の体現者として自己を表象する姿勢を強めた。一九七〇年の自死に極まる、文化概念としての天皇を理念に戴く血みどろな「みやび」なるものへの過剰な同化も、こうした西洋に対する自己表象の欲望と表裏一体である。

その際、三島がみずからの位置を見定めるための定点としたのが、谷崎潤一郎と川端康成という二人の先人であった。三島による谷崎論と川端論は、二人への思い入れの強さゆえであろう、ときに晦渋を極める。それらをはじめて一冊に集成した本書は、三島がいかに両者との布置連関のなかで自己表象としての「美」を模索したかをよく物語っている。

日本浪曼派の近傍から出発した十代の三島は、美としての日本というイデアをこの一派と共有していた。その美意識は言うに言われぬ、作品という形になりえぬ内攻的な自意識そのものであり、ここから表現を否定する「イロニー」という表現がもたらされる。二十歳の三島はしかし、こうしたロマン派的な表現の絶望から身をかわし、「作品」という決定的な存在を手にすることを夢みた。日本浪曼派の文学圏から離れると同時に川端康成へと近づいた三島は、新たに選んだ師に「作品」なるものの存在原理を見出していた。

三島は一九四六年、川端の推挙を得て小説「煙草」を『人間』に掲載し、中央文壇に進出した。それにやや先んじて著した一文では、川端の「末期の眼」を、自己の生命を空しくしつつ対象を空しい形骸と化す「虚無の眼光」として記述している。のちに三島は、おのれ自身と対象とを「空っぽ」にしてしまう川端の眼差しを、ジュネを論じたサルトルの想像力概念と結びつけて語る。三島は、川端文学の「美」を「存在から仮象への変成作用そのもの」として、すなわち「空無《ネアン》の勝利」あるいは「否定性のもつ無気味な相貌」として捉えたが、このような川端解釈はサルトルを参照する以前から一貫していた。

三島による川端論の白眉は、「『作品』について」との副題を付された「川端康成論の一方法」であろう。戦後派文学の本塁、『近代文学』に掲載された一文である。三島によれば、「十六歳の日記」に始まる川端の作品は人生の表現ではなく、そもそも川端は書かれるべき自我を持ちあわせていない。のちに三島は、川端においては「愛」は不可能だとも看破するが、肉体を欠いたこの作家には人間同士の関係もナルシスティックな自意識もはじめから介在する余地がなく、作品に登場する女たちはあたかも禽獣のような物言わぬ何ものかとしてただ眺められる。こう論じた三島が川端に見出したのは、書かれる自我あるいは対象を空無化しつつみずから完成する「作品」の魔術であり、作品が遂行するこの存在否定と引き換えに「芸術家」へと転生する作家の秘儀である。一九四九年の三島は、川端に見出した「作品」の経験を、『仮面の告白』によってみずからも知ったと言えるだろう。同性愛を主題としつつ告白に仮面をまとわせ、素面の自我を徹底的に否定したこの作品は、三島をして「芸術家」に転生せしめるイニシエーションとなった。

こうして虚構という否定性の世界にみずからを生み落とした三島はしかし、無力で空虚な「永遠の旅人」のままにとどまる川端とは異なって、堅牢な文体を世界解釈の方法として獲得することを欲した。三島自身が言う「自己改造」の試みである。三島はしばしば川端について、世界解釈の意志の放棄、ノンシャランな受身の態度、文体の欠如、あるいは例外的に高い構築性を備えた「眠れる美女」が著されるまでは専らだった流体的な作品構成を指摘するが、彼自身はそうした川端の美学からは離れた位置に立つ。川端文学の「美」が作者における無為と不可分であることを見抜いたとき、三島は、むしろ精神的肉体的な努力を通して到達すべき当為《ゾルレン》としてみずからの「美」を見定めていた。

三島は十代の頃からオスカー・ワイルドに代表される世紀末文学と並んで谷崎文学に親しんできた。三島が見た谷崎の美学は、作品の構築性の堅固さ、それを支える自意識の強靭さにおいて、川端のそれとはおよそ対照的である。

三島の理解によれば、谷崎は「現実を仮構に変造するような詩人の才能」、すなわち川端の作品に見られたような否定性としての想像力を持ち合わせていないことに自覚的だった。それゆえ谷崎における「美」は現実否定のデカダンスあるいはニヒリズムとしてではなく、むしろ現実との類似として現れる。美を現実に似せること、あるいは現実を変容させる行動によって美を実現すること、そしていったん美が実現されれば無意識のうちにそれに拝跪すること、それが谷崎が発明した文学上の「永久機関《パーペテュアル・モビール》」であると三島は論じ、『細雪』のような作品がリアリズムとも親和的でありえた理由をここに見出す。三島の眼に映る谷崎は、「美」の実現者でありながら、近代日本に根強いリアリズムの要請をも満たしえた唯一の作家であった。三島が尊崇の念をもって「大谷崎《おおたにざき》」と呼ぶ所以である。

永年の谷崎愛読者たる三島は、この大家が一九六二年に上梓した『瘋癲老人日記』に強い衝撃を受けた。三島がここに見たのは、かつての女体のようなまるい文体ではなく、骨ばった無飾の文体のもとに敢行される、徹底した自我に対する風刺《サタイア》であり自己戯画化である。ここでは、死の恐怖とエロティシズムとの拮抗が、悲劇ではなくむしろ法悦を成就する。かくも苛烈な自我の解体を被りながら、谷崎の自意識はなぜ健康なままでいられるのか。「輝くような女の背中」が、あるいは「花びらのような女の蹠」があれば十分だからである。こう看破する三島は、谷崎の美学のこの屈折のない表面性に感嘆を惜しまない。しかし、この老谷崎の幸福は、三島にとってはおよそ獲得しがたい謎であったに違いない。

三島が谷崎に見たこの謎は、みずからの晩年に至ってはじめて大正期の小説「金色の死」に触れたことによって氷解した。三島が「金色の死」に発見したのは、後年の谷崎が放棄したナルシシズム、つまり美の体現者たらんとする三島自身の欲望そのものであった。この作品の男性主人公は、女という他者の美に拝跪するのではなく、自己の肉体によって美を実現させようとし、全身を金箔に塗り固めて死んでゆく。つまりここでは、「美」を他者から享受するのではなく、主人公みずからがその死によって他者に享受されるべき「美」と化している。このように論じた三島は「官能的創造の極致は自己の美的な死にしかない」との命題を導き、後年の谷崎が「ナルシシズムの地獄」を脱し自殺を免れえた理由をこの作品の失敗に求めたのだった。

一九七〇年の三島由紀夫は、谷崎が「金色の死」において探究したのち放棄した「美」の可能性、つまりは死によって美を意志的に体現し、みずからひとつの「作品」そのものとなる可能性を現実化しようとした。三島の最期の政治的な行動が、こうした自己表象の欲望に強く促されていることは疑いえない。谷崎と川端が、みずから美的存在たらんとするナルシシズムをそれぞれ別様の仕方で放棄するさまを観察しながら、三島は「自己改造」を通じてそれを積極的に獲得しようとした。三島のこの身振りはあたかも、この二人の老大家に対して演じられたリアクションのように見える。

三島における自己表象としての「美」は、いわばナルシシズムの地獄からの呼び声として、多くの読者をとらえ続けてきた。しかしまた、谷崎と川端それぞれにおける「美」の生成の秘密を、三島ほど十全に明察しえた読者もいない。いま、私たち読者がオリエンタリズムを反復してみても意味がない。彼ら三人の作家を、「美」などという手垢にまみれた概念の下に語ることに意味があるとすれば、日本という場所における虚構作品あるいは文学言語の生成原理を突き止めるための鍵がここにあるからにほかならない。谷崎と川端を対象として煮詰められた三島の思考は、その鍵を私たちに手渡してくれるはずである。

（かじお・ふみたけ　国文学者）

編集付記

一、本書は著者の谷崎潤一郎と川端康成に関する文章と対談を独自に編集したものである。中公文庫オリジナル。

一、本書の収録作品は『決定版三島由紀夫全集』(新潮社)を底本とし、新字旧仮名遣いを新字新仮名遣いに改めた。対談は初出に拠った。

一、本文中、今日の人権意識に照らして不適切な語句や表現が見受けられるが、著者が故人であること、刊行当時の時代背景と作品の文化的価値に鑑みて、原文のままとした。

中公文庫

谷崎潤一郎《たにざきじゅんいちろう》・川端康成《かわばたやすなり》

2020年5月25日　初版発行

著　者　三島由紀夫《みしまゆきお》

発行者　松田陽三

発行所　中央公論新社
〒100-8152　東京都千代田区大手町1-7-1
電話　販売 03-5299-1730　編集 03-5299-1890
URL http://www.chuko.co.jp/

ＤＴＰ　嵐下英治
印　刷　三晃印刷
製　本　小泉製本

Published by CHUOKORON-SHINSHA, INC.
Printed in Japan　ISBN978-4-12-206885-8 C1195

各書目の下段の数字はISBNコードです。978－4－12が省略してあります。

中公文庫既刊より

た-30-13
細雪（全）
谷崎潤一郎
大阪船場の旧家蒔岡家の美しい四姉妹を優雅な風俗・行事とともに描く。女性への永遠の願いを〝雪子〟に託す谷崎文学の代表作。〈解説〉田辺聖子
200991-2

た-30-10
瘋癲《ふうてん》老人日記
谷崎潤一郎
七十七歳の卯木は美しく驕慢な嫁颯子に魅かれ、変形的間接的な方法で性的快楽を得ようとする。老いの身の性と死の対決を芸術の世界に昇華させた名作。
203818-9

た-30-18
春琴抄・吉野葛
谷崎潤一郎
美貌と才気に恵まれた盲目の地唄の師匠春琴。その弟子佐助は献身と愛ゆえに自らも盲目となる――代表作『春琴抄』と『吉野葛』を収録。〈解説〉河野多恵子
201290-5

た-30-11
人魚の嘆き・魔術師
谷崎潤一郎
愛親覚羅氏の王朝が六月の牡丹のように栄え耀いていた時分――南京の貴公子の人魚への讃嘆、また魔術師と半羊神の妖しい世界に遊ぶ。〈解説〉中井英夫
200519-8

た-30-25
お艶殺し
谷崎潤一郎
駿河屋の一人娘お艶と奉公人新助は雪の夜駈落ちした。幸せを求めた道行きだった筈が……。芸術とは何かを探求した「金色の死」併載。〈解説〉佐伯彰一
202006-1

た-30-27
陰翳礼讃
谷崎潤一郎
日本の伝統美の本質を、かげや隈の内に見出す「陰翳礼讃」「厠のいろいろ」を始め、「恋愛及び色情」「客ぎらい」など随想六篇を収む。〈解説〉吉行淳之介
202413-7

た-30-28
文章読本
谷崎潤一郎
正しく文学作品を鑑賞し、美しい文章を書こうと願うすべての人の必読書。文章入門としてだけでなく文豪の豊かな経験談でもある。〈解説〉吉行淳之介
202535-6

た-30-46
武州公秘話
谷崎潤一郎
敵の首級を洗い清める美女の様子にみせられた少年――戦国時代に題材をとり、奔放な着想をもりこんで描かれた伝奇ロマン。木村荘八挿画収載。〈解説〉佐伯彰一
204518-7

た-30-48
月と狂言師
谷崎潤一郎
昭和二十年代に発表された随筆に、「疎開日記」を加えた全七篇。空爆をさけ疎開していた日々のなかできれぎれに思いかえされる風雅なよろこび。〈解説〉千葉俊二
204615-3

た-30-50
少将滋幹《しげもと》の母
谷崎潤一郎
母を恋い慕う幼い滋幹は、宮中奥深く権力者に囲われた母の元に通う。平安文学に材をとった谷崎文学の傑作。小倉遊亀による挿画完全収載。〈解説〉千葉俊二
204664-1

た-30-52
痴人の愛
谷崎潤一郎
美少女ナオミの若々しい肢体にひかれ、やがて成熟したその奔放な魅力のとりことなった譲治。女の魔性に跪く男の惑乱と陶酔を描く。〈解説〉河野多恵子
204767-9

た-30-53
卍（まんじ）
谷崎潤一郎
光子という美の奴隷となった柿内夫妻は、卍のように絡みあいながら破滅に向かう。官能的な愛のなかに心理的マゾヒズムを描いた傑作。〈解説〉千葉俊二
204766-2

た-30-54
夢の浮橋
谷崎潤一郎
夭折した母によく似た継母。主人公は継母への憧れと生母への思慕から二人を意識の中で混同させてゆく。谷崎文学における母恋物語の白眉。〈解説〉千葉俊二
204913-0

た-30-6
鍵 棟方志功全板画収載
谷崎潤一郎
妻の肉体に死をすら打ち込む男と、死に至るまで誘惑することを貞節と考える妻。性の悦楽と恐怖を限界点まで追求した問題の長篇。〈解説〉綱淵謙錠
200053-7

た-30-7
台所太平記
谷崎潤一郎
若さ溢れる女性たちが惹き起す騒動で、千倉家のお台所はてんやわんや。愛情とユーモアに満ちた筆で描く抱腹絶倒の女中さん列伝。〈解説〉阿部 昭
200088-9

各書目の下段の数字はISBNコードです。978－4－12が省略してあります。

み-9-15
文章読本 新装版
三島由紀夫
あらゆる様式の文章・技巧の面白さ美しさを、該博な知識と豊富な実例と実作の経験から詳細に解明した万人必読の書。人名・作品名索引付。〈解説〉野口武彦
206860-5

み-9-11
小説読本
三島由紀夫
作家を志す人々のために「小説とは何か」を解き明かし、自ら実践する小説作法を披瀝する、三島由紀夫による小説指南の書。〈解説〉平野啓一郎
206302-0

み-9-12
古典文学読本
三島由紀夫
「日本文学小史」をはじめ、独自の美意識によって古今集や能、葉隠まで古典の魅力を綴った秀抜なエッセイを初集成。文庫オリジナル。〈解説〉富岡幸一郎
206323-5

み-9-13
戦後日記
三島由紀夫
「小説家の休暇」「裸体と衣裳」ほか、昭和二十三年から四十二年の間日記形式で発表されたエッセイを年代順に収録。三島による戦後史のドキュメント。
206726-4

み-9-14
太陽と鉄・私の遍歴時代
三島由紀夫
三島文学の本質を明かす自伝的作品二編に、自死直前のロングインタビュー「三島由紀夫最後の言葉」（聞き手・古林尚）を併録した決定版。〈解説〉佐伯彰一
206823-0

み-9-9
作家論 新装版
三島由紀夫
森鷗外、谷崎潤一郎、川端康成ら作家15人の詩精神と美意識を解明。『太陽と鉄』と共に「批評の仕事の二本の柱」と自認する書。〈解説〉関川夏央
206259-7

み-9-10
荒野より 新装版
三島由紀夫
不気味な青年の訪れを綴った短編「荒野より」、東京五輪観戦記「オリンピック」など、〈楯の会〉結成前の心境を綴った作品集。〈解説〉猪瀬直樹
206265-8

し-9-7
三島由紀夫おぼえがき
澁澤龍彥
絶対と相対、生と死、精神と肉体――様々な観念を表裏一体とする激しい二元論に生きた天才三島由紀夫。親しくそして本質的な理解者による論考。
201377-3